잠시 쉬었다 갈까요?

잠시 쉬었다 갈까요?

초판 1쇄 발행 ┃ 2019년 10월 21일

지은이 ┃ 박인애
펴낸이 ┃ 김지연
펴낸곳 ┃ 생각의빛

주 소 ┃ 경기도 파주시 한빛로 70 515-501

출판등록 ┃ 2018년 8월 6일 제 406-2018-000094호

ISBN ┃ 979-11-90082-35-8 (03810)

원고 투고 ┃ sangkac@nate.com

* 생각의빛은 삶의 감동을 이끌어내는 진솔한 책을 발간하고 있습
니다. 참신한 원고가 준비되셨다면 망설이지 마시고 연락주세요.

이 도서의 국립중앙도서관 출판예정도서목록(CIP)은 서지정보유
통지원시스템 홈페이지(http://seoji.nl.go.kr)와 국가자료종합목록
구축시스템 (http://kolis-net.nl.go.kr)에서 이용하실 수 있습니다.
(CIP제어번호 : CIP2019037465)

잠시 쉬었다 갈까요?

박인애

생각의빛

프롤로그

안녕하세요. 슬로그입니다. 이렇게 만나 뵙게 되어 진심으로 영광입니다. 항상 블로그를 통해서만 소통을 하다가 이렇게 좋은 기회가 주어져서 책으로도 소통할 수 있게 되어서 얼마나 기쁜지 모르겠어요. 아직도 정말인가 싶기도 하고, '정말 책이 나온다고?' 라는 생각도 들어요.

블로그를 시작한 지도 어느덧 1년이 되어 가고 있어요. '벌써?' 라고 하시는 분들도 계실 테고, '겨우?' 하고 하시는 분들도 계실 것 같습니다. 저는 둘 중에 군이 선택한다면 '겨우'라고 하고 싶어요.

1년 정도의 시간이었지만 정말 다양한 일들이 있었어요. 그 일들 속에서 좌절도 겪었고, 생각지도 못한 기쁨도 얻었습니다. 굉장히 다사다난했던 지난 날들을 돌아보면서 제 마음 가는 대로 기록한 책이에요.

질문이 많고, 사설이 많은 책이기도 하고요. 누군가 읽어줬을 때야 비로소 가치가 생겨나는 책입니다.

블로그를 하면서 정말 많은 분을 알게 되었고, 소통하면서 내가 알고 사는 세상은 정말 한정적인 곳이구나, 더 넓은 세상이 있고 더 다양한 생각들이 있다는 걸 알게 되었어요. 그리고 그 속에서 용기가 부족하고 자존감이 필요한 분들이 생각보다 많다는 것을 알게 되었습니다.

저는 책의 주제와 방향을 2주 정도 고민을 하면서 여행이나 블로그에 관한 내용을 실어볼까도 했지만 한 사람에게라도 도움이 된다면 제가 좋아하는 언어를 통해서 용기를 주고 싶다는 생각을 했어요.

저는 이 책을 대중교통, 그중에서도 버스라고 하고 싶어요. 누구에게나 대중교통의 기억 하나쯤은 있다고 생각해요. 사랑하는 사람을 기다리는 곳, 엄마와 처음 탄 버스의 기억, 실수로 잘못 탄 버스의 기억까지 버스와 버스정류장은 생각보다 많은 사람의 기억을 보관하고 있어요.

때론 기쁠 때도 있었고, 슬플 때도 있던 기억이지만 우리가 살아가는데 그런 기억이 있었기에 오늘에 우리가 이렇게 다시 꿈을 꾸고 살 수 있는 게 아닌가 하는 생각을 해봅니다.

앞서 말했듯이 이 책은 저 혼자 쓰고 완성되는 책이 아니에요. 읽어주는 여러분이 있어서 비로소 완성되는 책입니다. 괜찮으시다면 잠깐 여유를 내서 제 버스에 올라 창밖을 구경하는 건 어떠세요? 한 정거장마다 멈추면서 감동도 얻고, 용기도 얻고, 사랑도 얻어가길 바랍니다.

감사합니다.

제1부
버스 운행

시동을 걸다

여러분에게 오늘은 어떤 날인가요? 저의 하루의 마지막은 잠드는 순간이라고 할 수 있을 것 같아요. 그 잠드는 순간 머릿속에 둥둥 떠오르는 '나의 오늘' 저의 오늘은 나도 할 수 있어 의 '의지'의 하루였습니다.

저는 전국에 가맹점 100여 군데가 있는 본사에서 회계로 일을 하다가 일이 너무 과중함에 지쳐서 퇴사를 결심했어요. 주변에서는 이해하지 못했습니다. 그래도 이쪽에서는 알아주는 회사에다가 나름 그 속에서 자리를 잡은 상황에서 갑자기 퇴사라고 하니 제가 무모해 보이는 상황이었어요.

하루 걸러 들리는 말은 이러했습니다.

'네가 다른 거 뭐할 거야?'

퇴사로 인해 하늘이 무너지는 것도 아니고 내 인생이 끝나는 것도 아닌데 말이죠.

사실 그런 말들을 듣는 게 화가 난다기보다는 어이가 없더라고요. 설마 제가 퇴사를 해서 갈 때가 한 군데라도 없겠어요? 하다 못해 시급제 아르바이트도 못 하고 평생 놀고만 있을까봐 그런 걱정을 할까요?

단순히 인정하기 싫은 거죠. 시급제 아르바이트로 일하는 것과 사무실에서 앉아서 일하는 것은 다르다고 생각하는 거죠.

사실 어떤 직업이든 전부 달라요. 같은 회사에 다니고 있어도 부서가 다르면 하는 업무가 다른 것처럼 모든 직종은 다 다를 수밖에 없어요. 하지만 공기업이나 전문직종이 아니면 일을 한다고 생각하지 않아요. 미래가 있다고 보지 않는 거죠. 그게 굉장히 불편했어요.

아닌 것처럼 보여도 우리는 상대적인 시선에서 벗어나지 못하는 것 같아요. 머리가 비상한 사람이 있다면 아닌 사람도 당연히 있기 마련이죠. 이런 시선은 언제나 문제가 됩니다. 유명한 대학을 나와서 총명 받는 회사에 들어가는 건 축하받아 마땅한 일이에요. 그리고 그게 끝입니다.

더 할 게 있을까요? 하지만 덩달아 따라오는 건 그렇지 못한 사람에 대한 비난입니다. 축하해줘야 하는 사람을 진심으로 축하해주는 건 너무 당연한 일이지만 그렇지 못한 사람을 비난하는 것도 당연한 걸까요? 유명한 대학을 나온 사람이 있으면 당연히 반대도 있을 수 있겠죠.

하지만 친하다는 이유로 또는 가족이라는 이유로 "쟤는 어디 대학이더라." "쟤는 벌써 초봉이 이렇더라." 이런 말들과 함께 따라오는 "너는?"

"너는 왜 멀쩡한 회사를 그만뒀어?"입니다.

저는 20대 후반이지만 아직 20대입니다. 할 수 있는 것도 많고 가능성도 많은 나이입니다. 누군가는 제 나이를 보면서 나이만으로 부러워할 수도 있어요.

그런데 고작 퇴사했다는 이유로 제가 부족한 사람, 미완성인 사람으로 평가받는다는 건 아무리 가족이라고 해도 친한 사람이라고 해도 불쾌한 일입니다. 그래서 저는 오히려 회사에 다니고 싶지 않았어요. 회사에 다니지 않고 내가 원하는 시간에 일하면서 마음대로 놀러 다니면서 돈도 벌수 있다는 걸 보여주고 싶었죠.

블로그를 시작하게 된 계기는 사실 이게 전부라고 해도 돼요. 물론 블로그를 하면서 생각보다 자유가 없어서 놀랐고, 금전적인 이유로 어쩔 수없이 중간중간에 회사를 다녔지만 그래도 1년 정도 된 유치원생 같은 블로그가 책을 낸다고 하니 이 정도면 어느 정도 의지는 제대로 보여준 셈이죠.

제가 강아지를 키우게 된 건 집으로 걸어들어온 유기견을 키우면서 시작이 되었어요. 그리고 소중한 몇 마리의 강아지들을 멀리 여행 보내고 지금은 일곱 마리 강아지와 함께 살고 있어요.

강아지는 정말 말을 안 들어요. 물어뜯지 말라고 해도 물어뜯고, 싸우지 말라고 해도 싸우고, 아무거나 먹지 말라고 아무리 말해도 먹고 캑캑거립니다. 그럴 때마다 저는 강아지에게 말해요.

'생각을 해봐. 먹고 아프잖아. 그럼 어떻게 해야겠어?'

제 말을 알아듣는지는 전혀 몰라요. 여전히 말썽꾸러기고 사랑스러워요. 하지만 그냥 말하는 거죠. 강아지랑 말없이 살 수는 없으니까요. 상대가 듣고 있는지에 대한 여부는 중요하지 않아요. 그냥 말하는 거예요.

"공기업에 안 다녀도 미래가 있다는 것, 전문직종이 아니어도 돈 많이 버는 거 보여줄게." 라고 말이죠. 여러분도 하고 싶은 말이 있지 않나요? 예를 들어서

"나, 너 없이도 잘살아."

이런 것도 있을 수 있겠죠. 또는 "공시생 그만할래." 이런 것도 있을 수 있겠고요.

상대가 듣지 않아도 괜찮아요. 단지 말을 하고 생각한다는 것만으로도 후련하잖아요.

처음에는 참 못났다고 생각했어요. 사람이 얼마나 소심하고 쩨쩨하면 주변 사람들 하는 말에 휘둘러서 회사를 안 다닌다는 그런 오기를 부릴까요?

저는 스스로 매우 못났다고, 어른이 되지 못했다고 생각했어요. 하지만 지금 돌이켜 보면서 단지 제 인생의 2막을 열 수 있던 시작점일 뿐이었어요.

우리의 삶은 드라마보다 더 극적이고 마치 누군가 짜놓은 대본이 아닌가 할 정도로 의아할 때도 있어요.

여러분의 현재가 인생의 몇 막에 접어들었는지 모르지만, 혹시 주춤하고 있다면 또는 좌절을 겪어서 외딴섬에 혼자 있는 기분이라면 그건 결코

슬퍼할 일이 아니에요.

　이제 제2의 또는 제3의 인생의 막이 열릴 준비를 하는 거죠.

　저는 퇴사라는 성냥에 주변 사람들의 편견에 불을 붙여서 블로그라는 새로운 막을 열었어요.

　저와 여러분이 다를 건 없어요. 그러니 좌절하지 말고 섬에서 빠져나갈 배를 찾아봅시다.

멈추지 않고 달리다 보면

블로그를 개설하고 난 다음부터 바로 일이 생기거나 수입이 생기거나 하진 않았어요. 물론 그런 기대도 하지 않았고요.

블로그를 시작할 때 제 기분은 아무것도 없는 척박한 땅에 죽은 씨앗 하나 들고 있는 기분이었어요. 어디서부터 무엇을 해야 할 지도 모르겠고, 사진은 어떻게 찍으며 사진 밑에 글은 뭐라고 써야 하는지 전혀 알지 못했어요. 알려주는 사람도 없고, 막상 알려준다고 해도 잘 받아먹을 수 있을지도 애매한 상태였어요.

왜냐하면 저는 단지 '공기업이 아니더라도 미래가 있어! 회사에 다니지 않고도 돈을 벌 수 있어!' 라는 마음으로 시작한 것이기 때문에 애착도 없었고, 반항심만 가득 있었던 상태였죠. 그런 불안정한 사람이 무엇이든 잘 받아먹을 수는 없겠죠. 단지 내 가치가 퇴사라는 걸로 평가받는 게 싫어서 억지를 부리고 있는 거나 마찬가지예요.

그런 마음을 가지고 블로그를 운영하겠다 했으니 얼마나 저 자신이 한심하고 웃겼겠어요. 일주일 정도는 무엇을 하는지도 모르게 흘러갔어요.

안 되겠다! 뭐라도 해 보자!

당시에 저는 저 스스로 이 길이 행복이라고 생각하진 않았지만 그래도 오기로라도 끝까지 해봐야겠다는 생각은 있었기 때문에 블로그를 하루 빨리 성장시키려고 노력했어요.

제가 유독 잘하는 게 하나 있다면 데이터베이스를 정리하는 걸 굉장히 잘해요. 그래서 그 장점을 살려서 정말 많이 찾아보고 블로그 노하우 데이터베이스를 추려서 분석하고 엑셀에 옮기는 작업을 했죠. 근데 안 되겠더라고요. 누군가의 블로그 노하우는 그들의 노하우지 제 노하우가 아니잖아요.

저는 변할 수 없는 확고한 성격이 있어요. 그에 따른 저만의 색이 존재하고요. 하지만 누군가를 따라하는 일은 제 색을 지워버리거나 다른 색으로 뭉개는 일이 되더라고요. 그게 과연 옳은 걸까. 확실히 분석을 통해 엑셀에 수치화시켰을 때 그분들의 노하우는 정말 대단해요. 생각보다 빠른 성장을 이룰 수 있다는 분석이 나와요.

하지만 그 후로는요? 제가 퇴사를 결심한 이유가 이 부분이에요. 저는 회사 직원이고, 월급을 받는 처지지만 그렇다고 회사의 소유물은 아니잖아요. 제 의견이 있고, 저만의 장점과 색깔이 있는 사람입니다.

하지만 회사는 그 부분을 많이 뭉개버리고 다양성을 존중하지 않아요. 그래서 퇴사를 결심했기 때문에 블로그를 성장시키기 위해 다른 블로거분들의 노하우에 의존한다면 끝은 똑같겠더라고요.

할 수 없지. 나만의 방법으로 해 보자!

일주일 동안 모았던 데이터베이스를 전부 휴지통에 버리고 제 마음 가는 대로 첫 포스팅을 작성했어요.

지금 다시 보면 사진도 별로고, 글도 짧아요. 제 첫 글은 올라갔을 때 아무도 읽지 않았어요. 그렇게 또 일주일 정도 지나니까 다섯 분이 읽었다고 나오더라고요. 아주 살짝 후회도 했어요. 그냥 따라서 해 볼 걸 하는 생각이 아예 없었던 건 아니에요.

그렇지만 저한테는 제2의 도전이고 지금 출발선인데 내 운동화를 신고 출발을 해야 그래도 '나, 이 길 위에서 조금 뛰어 봤어.' 라고 어디서 말은 해보겠더라고요. 그래서 묵묵히 했던 것 같아요. 그러다 보니 제가 달리는 이 길에 꽃도 핀다는 사실을 알았고, 가끔 비가 온다는 사실도 알았어요.

그리고 지금은 블로그에 애착을 두고 있고, 너무 좋아하는 직업이 되었어요. 또한, 많은 분이 슬로그라고 불러주시는 것에 굉장히 만족하고 있어요.

저는 아무것도 안 하고 이렇게 된 건 아니에요. 노력했어요. 하나의 포스팅을 작성하기 위해 또 나만의 색깔로 색칠해 나가기 위해서 7시간을 잡고 있었던 적도 있어요. 나중에 읽어보면 별말 안 썼는데도 그때는 쓰고 지우고, 사진을 다시 찍고, 사진을 편집하고…. 그리고 너무 끔찍하고 소름 돋는 사진이 전부 날아가 버리는 상황들도 수차례 겪으면서…. 그냥 직장을 알아보고 출근을 하는 게 더 나은 게 아닌가? 하는 생각이 슬쩍슬쩍 들어올 정도로 굉장히 힘들었어요.

하지만 성실함을 이길 수는 없다고, 그렇게 하다 보니 이웃도 늘었고, 방문자 수도 늘어나기 시작하면서 네이버 메인에 제 글이 떠 있더라고요.

'내 글이 네이버에 떴어!'

그때의 감동이 아직도 남아있어요. 그리고 너무나 잘 알고 있지만, 항상 잊고 있었던 사실을 다시 알게 되었죠. 성실함은 절대 모른 척하지 않아요.

주변에 아무런 도움도 없이 뭔가를 해야만 할 때, 내가 정말 이 길이 맞나 하는 의문이 들 때가 수없이 많아요.

그런 의문과 불안정한 기분은 누구나 느끼는 감정이에요. 하지만 그럴 때마다 포기하는 사람이 있다면 그 반대로 어떻게 해서든 해나가는 사람이 있어요.

어떻게 해서든 앞으로 나가고 해보려고 하는 사람들에게는 특별한 능력이 있어서가 아니라 정말 너무 아무것도 아닌, 요즘엔 어쩌면 우습게 보일 수도 있는 '성실함'이에요. 성실함이라는 건 언제나 어디에서나 정답이더라고요.

하고 싶은 게 있는데 갈피를 전혀 못 잡고 있다면 이것만 기억하면 돼요. 누구보다 최선을 다할 것, 누구보다 노력할 것. 그럼 뭐든 될 수 있어요. 여러분이 꿈꾸는 삶이 백만장자라고 할지라도 될 수 있죠.

수입이 없어도

블로그를 하면서 수입에 관한 질문을 굉장히 자주 받는데요. 하루 방문자가 몇 천 명이면 한 달 수입이 천만 원이더라 하는 질문 같은 건 정말 셀수 없이 받아봤어요.

근데 그건 어떤 주제로 운영을 하느냐에 따라 다 다른 것 같아요. 제가알고 있는 블로거 분 중에서는 하루 방문자가 8천 명이에요. 그리고 한 달에 버는 돈이 삼백만 원이라고 합니다. 또한 그 금액은 매달 달라지기도하고 어떤 달은 백만 원이 되기도 한다고 합니다. 그래서 버는 금액은 다다르고 정해져 있지 않아요. 성실함을 통해서 블로그를 운영하는 것에 있어 흥미를 느끼고 나의 색깔을 입혔지만, 수입이 있는 건 아니었어요.

처음에는 괜찮았지만, 어느 날부터 통장 잔액이 0원이 되고, 그 잔액이

변함이 없는 날들을 보면서 '이래도 되는 건가?' 하는 불안함이 생겨나더라고요.

왜냐하면 인생은 돈이 전부가 아니지만 그렇다고 돈이 없이 살 수는 없죠. 당장에 밥을 먹고 싶어도 돈이 있어야 하니까요. 호기롭게 '나, 회사 안 다녀도 돈 벌 수 있어.' 라고는 했지만 지금 현재 돈이 없는데……. 흥미가 생겼지만, 그것만으로 살아갈 수는 없으니까요.

당시에 저는 수입이 뚝 끊기면서 생활이 불편해지더라고요. 그래서 간간이 따로 일하긴 했어요.

하지만 말 그대로 정말 딱 생활에 필요한 돈만 충족시켰을 뿐 그 이상은 아니었던 것 같아요. 사실 그냥 다 접고 회사에 취직해버리는 것도 당시에는 하나의 방법이에요. 또는 블로그와 회사 생활을 병행해도 무관해요.

누구 하나 욕할 사람도 없고, 어쩌면 현명한 방법이에요. 하지만 겨우 금전적인 문제로 제가 블로그를 그만하고 회사에 본격적으로 취직을 한다는 건 세상에 편견에 내가 진 것 같은 느낌이 들더라고요.

그래서 어느 순간부터는 간간이 일하던 일도 그만하고 오로지 블로그만 했어요. 그러면서 생각한 게 이거였어요.

'그냥 걷자. 천천히 걸어보자. 그러면 어느 지점에서 생수 한 통 주지 않을까?'

당시 무모해도 괜찮다고 생각했던 이유는 이미 블로거라는 직업이 너무 마음에 들었거든요. 인종이나 나이 성별에 구애받지 않고 너무 자유롭고 다양한 사람들의 개성이 가득한 이 직업이 너무 매력있게 다가왔어요. 그래서 빠져나오고 싶지 않았던 것 같아요. 오히려 계속 머물고 싶었죠.

돈이 없었지만 그래서 불안함이 있었지만 하고 싶은 걸 하면서 산다는 건 정말 큰 행복이에요. 미래가 어떨지 내가 어떻게 될지 알 길이 없는 선택을 하고 가고 있지만, 오늘의 하루가 누구보다 즐거웠는데 어떻게 놓을 수 있겠어요.

하고 싶은 걸 하세요. 하고 싶은 걸 하면서 살 때 즐거워요. 세상의 아름다운 말을 가득 담아내서 '정말 기분 최고예요.'라고 말할 수 있어요.

정말 내가 좋고 만족하는 일을 한다면 그 어떤 태풍이 불어도 견고하게 서 있을 수 있어요. 혹여나 좌절을 겪는다고 해도 금방 홀홀 털고 일어날 수 있습니다. 그리고 정말 기분 좋은 아침이 매일 기다리고 있어요. 참 좋지 않나요? 잠들 때가 아쉽고 일어나는 게 설레는 하루.

마치 사랑에 빠진 것 같은 기분이죠. 그게 내가 좋아하는 일을 할 때 느껴지는 행복감이에요.

신호등 구간

사람들과 대화를 하다가 '책'이라는 단어가 나온다면 그 뒤에 따라오는 질문이나 대화들이 항상 "한 달에 몇 권 읽어?" 라던가, "어떤 장르의 책 좋아해?" 라던가 하는 대화들이더라고요.

근데 저는 "한 달에 몇 권 읽어?" 라는 질문을 그렇게 좋아하지도 않고 누군가에게 묻지도 않아요. 책을 읽는다는 건 너무 좋죠. 저는 가장 좋은 선물은 책이라고 생각할 정도로 책은 참 좋다고 생각해요.

책은 많이 읽을 때 비소로 그 역할을 다하는 걸까요? 그건 아니라고 생각합니다.

제 개인적으로는 책이라는 건 나의 한정된 지식과 지혜를 넓혀주는 역할을 한다고 생각을 해요.

그렇지만 그 말은 요즘 시대에는 썩 어울리지 않아요. 지식과 지혜는 꼭 책으로만 넓힐 수 있을까요?

오로지 책밖에 답이 없는 걸까요? 저는 그렇게 생각하지는 않아요. 지식을 넓히고 지혜를 배우기 위해서 여행을 선택해도 좋고, 다양한 동아리 활동을 해도 돼요. 그래서 항상 책이 답이거나 책을 많이 읽는 것만이 좋다고 생각하지 않아요.

하지만 사람들은 책을 많이 읽는 것에 중점을 둡니다. 책을 많이 읽고 싶다는 생각만으로 하루에 몇 권 한 달에 몇십 권을 읽기 위해 시간을 쏟아내죠.

과연 그 시간 속에 내 머리에 남는 지혜가 있을까요? 단지 하루 잠드는 순간에 오늘 한 시간 정도 책을 읽었으니 오늘의 내 하루는 정말 뿌듯하게 마무리 된 것 같아 하고 생각하려는 행동 아닐까요? 마치 스스로 충분한 하루를 살았다고 인정받기 위해서 말이죠.

책은 정말 내가 원해서 읽을 때 비로소 그 진가를 발휘하는 것 같아요. 그게 한 달에 한 권이든 어쩌면 일 년에 한 권이 된다고 한들 말이죠.

물론 내가 너무 원해서 한 달에 몇백 권을 읽는다면 말은 달라지겠지만, '누가 보니까 나도 이번 연도에는 책보는 취미를 가져봐야겠다!' '뭔가 있어 보이네!' 하는 식의 독서는 생각보다 불필요한 시간을 버리는 거와 같더라고요.

정말 책이 보고 싶을 때는 시간이 없어도 여건이 영 아니어도 손에 책이 있어요. 그러니 책을 본다는 것에 연연하지 않았으면 좋겠어요.

이 책은 이른 시일 안에 읽는 책이 아니었으면 좋겠습니다.

하루에 다 읽거나, 일주일 안에 다 읽고 '다 봤다!' 하는 책이 아니라 오랫동안 계속 열어보면서 천천히 공감하는 책이 되었으면 합니다.

하루마다 그날의 기분은 매일 달라질 거예요. 어떤 기분에 책을 여느냐에 따라서 책은 부정적인 역할을 할 때도 있고, 긍정적인 힘을 줄 때도 있어요. 저는 여러분이 책을 읽는 하루가 어떤 기분인지는 모르지만, 이 책을 덮는 순간에 읽었던 구절에 힘을 얻고, 다음에 읽어 나갈 구절에 긍정적인 미소가 번져가는 그런 맑은 책이 되었으면 해요.

그래서 제 책은 너무 빨리 읽지 말아 주세요.

천천히 여러분과 세월 보내게 해주세요.

크지만 가벼운 상자

블로그를 하면서 이제 간간이 수입이 들어오는 상태였어요. 하지만 그렇다고 해서 한 달에 몇백은 아니었고 몇십 정도였습니다. 그 돈을 또 모으겠다고 제가 너무 잘하는 것! 수치를 계산하고 엑셀화시켜서 나름 체계적으로 총 100만 원을 모았어요.

그냥 모인 돈은 결코 아니에요. 물론 물건을 새로 사는 것에 큰 의미를 두지 않기 때문에 크게 지출을 할 곳은 없었지만 그래도 분명히 써야 할 때가 있었거든요. 그걸 참고 나름으로 열심히 모았던 돈이라 굉장히 뿌듯했어요.

100만 원이라는 돈은 사실 생각하고 본다면 적은 금액이에요. 현재 시급으로 계산해도 한 달 동안 직장인 월급도 안 되는 금액이고요. 정말 쓰고 싶은데 쓰라고 한다면 생각보다 모자란 돈입니다.

하지만 제가 퇴사를 하고 여러 비난을 들으면서 오로지 블로그로만 모은 돈이죠. 그러니 의미가 남다를 수밖에 없어요. 이런 특별한 돈을 통장에 넣어두고 바라만 보는 짓은 하고 싶지 않았어요. 특별하게 생각하는 만큼 특별하게 사용하고 싶었던 거죠.

버스를 타면 버스 안내방송이 나오죠. 이제 안내방송 해볼 거예요. 대신 비행기 안내방송입니다. 여권이 없으신 분들은 빨리 가서 만드세요.

한국이라는 나라는 너무 아름답고 멋진 나라지만 우리의 삶이 한국에만 머무르기에는 너무 빛나잖아요.

"안녕하세요. 슬로그 항공입니다. 여권에 있는 사진이 얼굴과 달라도 지문으로 확인되니 걱정 안 하셔도 됩니다. 탑승 후 식사는 마음대로 하셔도 되지만 화장실은 별도로 준비되지 않았습니다. 이점 참고하시면서 기쁜 마음으로 이륙하겠습니다."

모은 돈을 어떻게 하면 특별하게 사용할 수 있을까 고민하다가 새로운 곳에 가서 새로운 경험을 하면 특별할 것 같은 거예요. 그래서 저는 해외여행을 준비했고, 떠나게 되었습니다. 생각난 김에 떠난 여행이라서 어쩌면 굉장히 준비 없이 즉흥적이었어요. 일단 목적지에 도착을 했다는 것만으로도 뭔가 다한 것 같은 기분이 들더라고요. 항상 한국에서 이용하는 버스인데도 해외에서는 뭔가 다른 것 같고 신기하고 신선하기도 했어요. 숙소에 짐을 보관하고 첫 식사를 하러 갔습니다.

한 백화점의 유명한 가게인데요. 한인분들이 유독 자주 방문한다는 얘길 듣고 간 거였어요. 가는 동안도 그렇고 도착해서도 그렇고 이미 한국

분들에게 맛집이라고 인정을 받은 곳이라고 해서 그런지 더 빨리 먹어보고 싶고, 더 들떴던 것 같아요. 마침 안에 먼저 오셔서 식사하고 있던 한인 분들이 맛있다는 말씀을 계속하더라고요.

당연히 '너무 맛있겠지.' 하고 호기롭게 주문을 하고 첫입을 먹었는데 하, 소금물인 거예요. 느끼하고 짜고 이상했어요. 억지로 두세 번을 더 먹긴 했지만, 그 이상은 너무 힘들어서 그냥 나왔어요.

그리고 처음 든 생각은 '돈이 아까웠다.' 였고요. 두 번째는 '혹시 내가 맛있다고 올린 글을 보고 간 누군가도 이러지 않을까? 하는 생각이었어요. 그런 생각이 드니까 등골이 오싹하더라고요. 왜냐하면 사람의 입맛은 너무나 다르니까요. 그때부터 여행은 제쳐놓고 어딘가에 앉아서 그동안 올린 포스팅을 정독하기 시작하는데 제 포스팅에 "너무 맛있어요." "적극적으로 추천해 드려요." 이런 말들이 난무하는 거예요.

아주 미칠 노릇인 거예요. 글을 다 지울 수도 없고, 갑자기 현기증이 나듯이 어지럽기까지 했어요. 뭔가 정신이 아득해질 때쯤 백화점 공중에서 알 수 없는 말들이 나오더라고요. 그리고 백화점의 엄청 큰 한 벽에서 만화가 나오는 거예요. 나중에 알고 보니까 제가 간 곳은 일정 시간에 만화와 분수 쇼를 하는 곳이었어요. 큰 화면에 엄청 큰 소리로 만화가 나오는데 알아듣지는 못하겠지만 중요한 건 식은땀이 나던 상황에서 벗어났죠.

어떻게 해야 할까 고민하던 상황에서 지금 만화를 보고 있죠. 삼삼오오 사람들이 모여들기 시작하고 사진을 찍고 영상을 찍는 사람들이 나타나요. 그 속에서 제가 넋 놓고 영상을 보고 있는 거예요. 방금까지 '어쩌지?

이 글들을 다 어떻게 하지? 하던 사람이 알아듣지도 못하는 만화를 넋 놓고 보는 거죠. 그리고 영상이 끝나고 "재미있다. 내일 또 와서 봐야지." 했어요.

그게 끝입니다. 고민의 해결은 없었어요. 물론 이제는 강력하게 추천해 드린다던가 적극 권유라던가 인생 맛집 이런 단어는 무분별하게 쓰진 않아요.

하지만 이번 정류장에서 제가 드리고 싶은 말의 의미는 살면서 고민되는 것들은 생각보다 금방 잊히는 고민일 수도 있다는 거예요.

"왜?"라는 말과 함께 떠오르는 고민은 "그럴 수도." 라는 말과 함께 별것 아닌 고민이 될 수 있어요.

누구나 고민이 있을 때 해결을 하고 싶어 하지만 때론 해결이 답이 아닐 때도 있더라고요. 그냥 사는 거죠. 지금 아무 생각 없이 글을 쓰고 있어요. 그래놓고 인스타에 '내가 무엇을 하고 있는지 모르겠다.' 하고 글을 쓰긴 했지만, 그걸로 답을 원한 건 아니에요. 어떻게 내 이야기를 재미있게 풀어갈까? 너무 무겁게 풀면 재미없을 텐데, 하는 고민을 하죠.

하지만 뚜렷한 답을 원하진 않아요. 재미있게 안 되고 너무 무겁게 진행되어도 그냥 쓰면 되죠.

우리 그냥 살아봐요. 답 같은 거 찾지 말고 '왜 살아?' 하는 것처럼 그냥 살아봐요. 그러다가 가끔 5천 원 로또 맞으면 그날 그냥 기념일 되는 거죠. 뭐, 인생 별 것 없어요.

출근길 정차 구간입니다

여러분의 오늘은 어떤 날이었어요?

제 이웃분 중에서는 시험이 오늘 끝났다고 하시는 분도 계셨고, 제 지인은 다음 주부터 디저트 가게에서 잠깐 일하게 됐다고 걱정을 하는 날이었어요.

어떤 날이었던 간에 여러분의 하루 끝이 미소로 마무리되길 바랍니다.

여러분의 두려움의 대상이 있을까요? 혹시 사람을 두려워하세요?

저는 두 가지를 무서워하고 두려워하는 것 같아요. 하나는 소리에 대한 공포가 있어요.

공포영화를 볼 때면 꼭 무슨 일이 생길 때 깔리는 잔잔하고 음침한 리

듬 같은 거 있잖아요.

그런 소리에 예민한 편이에요. 이상하게 주인공은 무모하고, 무언갈 잘 떨어트려요.

막상 귀신 나오면 안 놀래요. 공포의 형상이나 형태에 대해 두려움은 전혀 없는 것 같아요. 하지만 소리에 대한 공포가 있다 보니까 공포영화는 잘 안 봐요. 그리고 소리에 집중해야 하는 오락 같은 것도 잘 안 해요. 못하는 게 맞죠.

제가 두 번째 무서워하는 건 설치류입니다. 설치 또는 토끼류라고도 하는데요. 들쥐, 다람쥐, 햄스터, 쥐, 토끼, 비버, 기니피그 등등을 의미하는 말이에요.

한 쌍의 날카로운 앞니를 가지고 있는 게 특징입니다. 저는 엄청나게 무서워해요. 길 가다가 휴짓조각이 떨어져 있으면 그 길을 거의 못 지나갈 정도예요. 누가 봐도 휴지가 맞고, 저도 그걸 잘 알고 있지만, 하지만 그게 죽은 쥐일까 봐 하는 생각에 못 지나가요.

하루에도 걷다가 '으악!', '캬!' 하는 소리를 10번 이상을 질러요.

길에 버려진 쓰레기가 쥐로 보여서요. 같이 다니는 분들은 저에게 짜증이 나겠죠.

근데 무언가를 무서워한다는 건 저한테도 너무 큰 스트레스예요. 흙길이 무섭고, 땅을 보는 게 두려울 정도로 무섭거든요.

아직도 무서워하고 아직도 걸으면서 눈을 질끈 감을 때가 많아요. 이런 공포의 원인은 어렸을 적 트라우마의 경우가 많죠. 과연 어떤 트라우마가 있었나? 곰곰이 생각해 봤어요.

근데 웬걸 뭔가 집히는 게 있긴 하더라고요.

초등학교 저학년 때였을 거예요. 저보다는 두세 학년 더 높은 언니와 오빠들이 검은 봉지를 놀이터에서 밟고 있는걸 본적이 있어요. 그러더니 지나가는 저한테 "같이 밟을래?" 하고 물었던 것 같아요. 그래서 같이 밟진 않고 뭘 밟는 걸까? 하고 구경하러 갔죠.

벌써 이 글을 보며 다들 예상하면서 인상을 쓰고 있을 거예요. 엄청 큰 쥐를 검정 봉지에 어떻게 넣었을까? 넣고 죽이고 있더라고요.

그때 쥐가 죽어가면서 내던 소리가 있어요. 전선이 찌직 타들어 가는 소리 같기도 하고, 괴로운 소리죠.

그때는 어려서 쥐를 죽이는 걸 보는 게 완전 나쁜 거라고 생각 안 했던 것 같아요. 쥐는 더럽고, 병균이 있으니까 죽이는 거라고 해서 그냥 그런가 보다 했던 것 같아요. 하지만 그 일을 계기로 지금까지 소리와 설치류에 대한 엄청난 공포를 느끼고 살고 있을 줄 몰랐죠.

그때 알았다면 '같이 밟을래?' 할 때 그냥 재빨리 도망갔을 텐데 말이죠.

저의 두려움의 대상은 지금까지 저 두 가지로 변함이 없어요.

하지만 살다 보면 그 대상이 변하기도 하죠. 어제는 A가 무서웠지만, 오늘은 B가 두려울 수도 있으니까요.

항상 새로 시작하는 시기에는 두려움이 따라와요. 특히나 새 학기, 새 출발이라는 단어는 두려움을 뺄 수가 없어요.

두려움을 극복하는 방법은 몰라요. 왜냐면 저도 극복 못 하고 지금 살고 있잖아요. 하지만 제가 소리와 설치류가 두렵다고 해서 집에만 있을까요? 저에게는 집 밖은 온통 공포에요.

쥐는 어디에나 있어요. 사실 버스를 이용하는 저는 버스정류장도 공포에요. 하지만 곧잘 나가고 또 소리 질러요.

주변에서 '뭐야?' 하면서 쳐다보면 슬쩍 웃거나 괜히 옆 사람을 툭 치곤 합니다.

제가 밖을 나갈 수 있는 건 두려움을 극복해서 나갈 수 있는 게 아니라 두려움에도 맞서는 거죠.

걱정하지 마세요.

세상에 맞서지 못할 두려움은 결코 없어요.

내 품을 떠난 포기

정체 구간에서 저와 잠깐의 대화, 어땠어요? 자존감이 확! 파워 박! 올랐으면 좋겠는데 그렇게 되었나 모르겠어요.

이번 정류장은 '포기' 입니다.

살짝 기분 이상하네요. 저도 살면서 포기라는 걸 할 줄 몰랐어요. 하지만 생각보다 우리 포기하는 게 많죠.

인간관계에서의 포기도 있고, 직장생활에서의 포기도 있고, 포기라는 단어는 정말 너무 싫지만, 우리가 너무 자주 하는 행동이에요.

다양한 포기의 형태 중에서 이번 정류장은 꿈에 대한 포기를 얘기해볼게요.

요즘은 드라마를 잘 안 보는데 옛날에는 드라마를 많이 봤던 것 같아요.

그중에서 커프로 예를 들고 싶어요. 제가 너무 좋아하고 아직도 가끔 몰아서 보는 드라마에요.

커프 팬분들은 다들 아시겠지만 최한결사장님이 나의 꿈이 됩니다. 드라마를 보는 목적이죠.

근데 사실 저는 최한성이라는 인물이 더 매력 있게 보이긴 해요.

하지만 그건 가상현실이죠. 배우가 연기한 가상 인물입니다.

그렇지만 꿈을 꾸죠. 최한결이 정말 있었으면 커프에 여주인공이 나였으면 하는 꿈을 꿔요.

이뤄질 수 없는 로미오와 줄리엣처럼 말이죠.

이렇게 꿈을 꾸고 드라마니까 포기하는 포기의 형태도 있어요.

이런 포기는 정말 수없이 하죠. 하지만 이러한 포기의 형태에 누가 이유를 굳이 묻나요?

포기는 사실 이유가 없는 거예요.

저는 어렸을 때 꿈이 노래를 부르는 사람이 되는 거였어요. 여기서 노래를 부른다고 하면 아이돌을 떠올리시는 경우가 많은데요.

아이돌이 아니라 성악가가 되고 싶었어요.

굉장히 어렸을 때 한사람이 수많은 객석이 있는 큰 공연장을 목소리 하나로 쩡쩡하게 울리는 그 모습을 본 적이 있어요.

목소리의 색과 모양이 있다면 공연장을 가득 채운 느낌으로 말이죠.

객석은 사람들로 꽉 차 있었고 고요하고 수많은 눈은 한 사람을 바라보고 있었어요.

극심한 정적에 심장이 끊어질 것 같은 기분이 들기도 했어요.

단지 목소리로 말이죠. 한마디로 수많은 악기가 부럽지 않은 게 성대라는 악기였어요.

신기하고 좋았죠. 그리고 하고 싶었다는 생각이 들었어요.

하지만 음악이라는 길이 생각보다 순탄하지도 않고 가는 길이 험난하더라고요. 가보려고 노력하고 나름대로 최선을 다했지만 포기했어요.

음색이 이쁘다는 말이나 성량이 좋다는 말은 자주 들어서 정말 자신이 있었는데도 안 되겠더라고요.

생각보다 제가 꿈꾼 그곳에 문턱은 너무 높았고, 음색이 이쁜 것만으로 바라보기에는 세상에 멋진 음색이 얼마나 많아요.

단지 그래서 꿈을 포기했느냐고요? 겨우 문턱이 높고, 멋진 음색을 가진 사람이 더 있다는 이유 때문에요?

맞아요. 다른 이유는 없어요. 대단히 큰 반전이죠.

예를 들어서 꿈을 포기한 게 어려운 집안사정 이었어요 라던가 그때 당시 굉장히 정신적으로 육체적으로 큰일이 있었어요.

하는 말이 있었으면 반전은 아니었을 거예요. 또한 애잔함도 따라왔겠죠.

근데 꿈이란 건 이렇게 포기할 수도 있어요. 포기하는 것에 왜 집착하세요? 포기라는 것에 집착하고 의미를 찾기 시작하면 너무 슬퍼져요.

살면서 모든 사람을 사랑하고 좋아할 수 없듯이 내가 꿈꾼 꿈을 전부 이룰 수는 없는 거죠.

제가 성악가라는 꿈을 이루지 못했다고 해서 제가 꿈꾸고 있는 다른 꿈들도 포기한 건 아니에요. 단지 그것뿐이죠.

이미 내 손을 떠났고 내 품을 떠난 꿈은 과감하게 잊어버리는 연습도 필요해요.

끊임없이 '내가 돈이 조금만 더 있었으면', '그때 내 재능을 조금 일찍 알아봤다면' 하는 식의 말들로 내 꿈을 포기한 것에 의미를 넣기 시작한다면

쓸쓸하고 외로운 삶을 살고 있는 거예요. 또 다른 꿈을 꾸면 되지 그 꿈이 내 인생의 전부가 될 수 없잖아요.

좋아하거나 존경하는 스포츠 선수가 있으세요?

스포츠 선수들도 꿈을 꾸잖아요. 그 꿈 중에는 '내일 운동을 더 열심히 해야지.' 도 있을 수 있겠고 '대학 가면 연애 많이 해야지.' 하는 꿈도 있겠죠.

또한, 제일 많이 꾸는 꿈이 '세계적인 선수가 되는 것' 일 거예요. 하지만 세계적인 선수가 되고 은퇴를 하고 난 다음에는요?

이제 더 꿀 꿈이 사라지나요? 그렇지 않겠죠. 여전히 그분들은 새로운 꿈을 꾸고 노력하고 있을 거예요.

꿈은 이루었든 이루지 않았든 그게 중요한 게 아니에요. 내가 그런 꿈을 꾸었고, 즐거웠고, 노력했다. 이게 중요한 거예요.

세상은 결과만 보지만 우리는 노력을 봅시다. 그럼 결국에는 돌고 돌아서 노력을 알아주겠죠.

꿈을 포기하고 너무 슬퍼하지 마세요. 과정에서 우리 노력했고, 새로운 꿈을 꿀 힘이 남아 있잖아요.

분명히 남아있을걸요. 지금 이 책을 보고 있다는 게 긍정적인 의미일 수도 있어요.

위로받아야 하는 존재는 따로 없어요

우리는 누군가에게 이왕이면 도움이 되고, 필요한 존재가 되길 희망합니다.

하지만 그전에 우리가 도움을 받아야 하고, 필요한 존재가 주변에 있기를 바란다는 사실은 망각하고 있는 때도 있어요.

누군가에게 도움을 주고 위안을 주는 말을 전하기 전에 '우리는요?'

여러분과 저는 도움을 받지 않아도 될까요? 우리도 그들에게는 결국 도움을 줘야 하는 상대방일 뿐이에요.

우리도 상대방에게 기댈 수 있고요. 누군가를 의지해야 합니다.

그게 능력이 없어서도 아니고, 의지가 약해서도 아니에요.

최근에 스포츠를 긍정적으로 접하게 됐어요.

그래서 야구도 보고, 농구도 보고 있는데요. 농구를 보면 개인성향이 다른 선수보다 우월한 선수가 독단적으로 경기를 끌어가는 경우를 가끔 봅니다. 당연히 우월한 만큼 점수가 순식간에 오르게 되죠.

하지만 그 경기를 끝까지 보고 나면 팀 내에 우월한 선수가 몇몇 있는 것도 너무 좋지만, 결국 팀워크가 승패를 좌우하더라고요.

서로서로 각자의 위치에서 최선을 다하면서 다른 자리에 있는 선수에게 의지할 때 그 경기는 엄청난 시너지 효과가 일어나요. 또한, 응원하는 팬으로서도 그런 경기일수록 더 흥분되고 기분이 좋은 것 같아요.

결국, 서로 의지한다는 건 약해서가 아니라 신뢰가 있다는 말과도 같아요.

사람이라는 존재는 서로 대화함으로써 각자의 감정을 나눌 때 진정한 의미가 있는 거기 때문에 일방적인 도움을 주는 존재로서 남는다는 건 마음속 안에 곪아 있는 무언가가 있다는 거예요.

서로 좋고, 서로 행복하기 위해서는 우리도 어떤 누군가에게는 기대야 해요.

누군가에게 그럴듯한 말로 위안을 건네기 전에 나 스스로 지쳐있지 않은가 살펴야 하는 거죠.

내가 너무 지치고 괴로운 생활을 이어가는 중에 슬픔에 빠진 친구를 위로하는 건 쉽지 않은 일이에요.

하지만 우리는 그렇게 살고 있죠.

아닌 것 같으세요? 제가 예를 들어 볼까요!

이렇게까지 회사에 다녀야 하나 싶은 감정이 하루에 수십 번씩 들고, 이런 상사 밑에서 이런 부하직원을 두고 내가 경력을 쌓을 수나 있을까? 하는 생각으로

퇴근해서 친구와 술 한 잔으로 감정을 조금 털어놓으려고 했지만, 친구가 결혼을 앞둔 사람과 이별을 했다고 합니다.

그럼 우리는 위로를 건네요. 너무 당연하게 위안을 하죠.

조금 전까지 내가 복잡하고 답답한 회사생활을 했다는 건 잠깐 어딘가로 보내버리고 우리는 위로를 건네게 됩니다.

잘못된 건 아니죠. 위로가 어떻게 잘못된 거라고 할 수 있겠어요. 하지만 여기서 제가 말하고 싶은 건 우리가 받아야 할 위로는 어느새 저 멀리 가버렸어요.

내 감정을 조절하고 쓰레기를 자주 비워주는 일은 어떤 사람에게도 어려운 일이에요.

하지만 너무 당연하게 해내야 하는 일이고, 결국 우리도 위로를 받아야 하는 존재인 거죠.

때론 누군가는 말하죠.

누군가에게 위로를 받기 전에 스스로 해결해 나갈 수 없냐고 말합니다.

그렇다면 우리는 공동체라는 단어가 있을 수가 없겠죠. 우리는 아무리 혼자 생활하고 싶어도 그러지 못해요. 우리는 불가피하게 사회생활을 하고 있습니다.

모든 결정을 혼자 하는 것 같지만 결국엔 무의식중에 주변 생각을 의식

하고 반영하고 있어요.

우리는 결코 혼자 살 수가 없어요. 그러므로 외로움을 느끼는 거고 사람을 대신할 반려동물을 키우게 되는 거예요.

누군가의 아픔을 들어주기 전에 우리는 상황에 맞게 내 아픔도 전하는 연습을 해야 합니다.

물론 어려운 일이에요. 특히 나이가 들수록 더 어려운 일이 됩니다.

자존심을 버리고 '내 약한 모습 / 네가 이런 내 마음을 위로해 줬으면 좋겠어.' 하고 말하는 그 모습은 마치 내 눈앞에 나의 가장 나약하고 약한 모습을 보는 것과 같아요. 하지만 그건 자신을 스스로 강하게 지키는 척하는 거짓된 모습이에요.

우리는 거짓된 나약함을 없애고 솔직하게 내 슬픔, 내 아픔을 고백하는 연습을 꾸준히 해야 해요.

분명 이별을 한 친구도 여러분이 진심으로 위로를 건넸을 때 여러분의 아픔을 들어줄 준비가 되어있을 거예요.

오늘도 힘들었죠. 그래도 항상 밝은 미소 보여줘서 고마워요. 고생했어요.

바람이 너무 불어요
나무 밑에서 잠깐 쉬어 갈게요

저와 여러분의 마음에는 시기와 미움도 색도 존재하지만, 누군가를 진심으로 사랑하는 색도 존재합니다.

근데 희한하게 말이죠. 시기와 미움이 마음에 생겨날 때는 단지 그것뿐이에요. 시기를 통해서 따른 게 표현될 게 없어요. 단지 그 마음 하나뿐이죠.

미움도 마찬가지입니다. 미움이라는 색이 들어오면 단지 그 색 하나일 뿐이에요. 뒤따라오는 건 없어요.

하지만 말이죠. 사랑이라는 색은 예외더라고요. 사랑이라는 색이 마음에 자리를 잡으면 어느 날 불안함이라는 색이 찾아오기도 하고요. 상실감이라는 색이 찾아오기도 해요. 때로는 허망함도 찾아옵니다.

사랑은 굉장히 다양한 색들을 불러와요. 결국, 단 하나의 색으로 표현할 수가 없는 게 사랑인 것 같아요. 그걸 너무 잘 알기 때문에 혹여나 지금 하는 이 사랑에 마지막 순간이 온다면 나의 상실감의 색을 어떻게 바라봐야 할지 두려울 때가 많아요. 그래서 많은 사람은 자신의 사랑을 전부 표현하지 못하죠.

훗날 찾아올 나의 상실감과 이별에 대한 색들을 스스로가 감당하지 못할 거라는 걸 너무 잘 알기 때문이에요. 때에 따라서는 후에 일어날 일들이 두려워서 사랑하는 사람을 눈에 보이지 않는 줄자로 재는 경우가 있어요.

상대방의 시간을 매순간 확인하고 그의 따른 시간 속 나의 지분을 체크하면서 어느 정도 사랑받고 있는지를 수치로 결정하는 것이 줄자로 재는 경우를 의미합니다.

상대방의 시간 속에 스스로 지분이 적게 느껴진다면 자연스럽게 마음에는 미래의 상실감이 찾아들어요. 그리고 그 상실감에 대한 색을 지울 수 없으므로 그렇게 색이 느껴지는 그대로 표현을 하게 됩니다.

결국, 마음에는 사랑이라는 색이 있었지만, 어느 날 찾아온 상실감이라는 색이 위에 덮이면서 상대방을 진심으로 조건 없이 사랑하기보다는 하나씩 하나씩 나의 색과 상대의 색을 비교하면 사랑하게 되는 거죠.

이유는 다른 것 없어요. 어느 날 마지막이 온다면 조금이라도 내가 덜 슬펐으면, 나의 상처의 색이 조금이라도 물이 더 섞여서 금방 세탁이 되는 색이었으면 하는 마음이기 때문입니다.

사랑은 참 순수한 단어잖아요. 나의 마음속에 어느 날 누군지는 모르지만 누군가가 던져놓고 간 아무것도 아닌 상자를 열어봤는데 분위도 알 수 없고, 색도 하나의 색으로 정의할 수도 없는 무언가가 나의 가슴팍으로 갑자기 뛰어들어와서 나가지도 않고 가만히 있지도 않은 게 사랑이라고 생각해요.

알 수 없으므로 그 정의를 내릴 수 없으므로 사랑은 항상 다른 색들을 불러옵니다. 알 수 없는 것을 마음에 담고 있으면 불안할 수밖에 없어요. 훗날 상처를 걱정하고 두려워 할 수밖에 없어요.

그래서 우리는 줄다리기를 하게 됩니다. 의도가 된 밀고 당기기 일지라도 또는 의도하지 않았지만 밀고 당기는 과정을 겪었을지라도 그 의미는 결국 누군가가 상처의 색을 조금 더 무디게 만들고 싶었다는 거죠.

하지만 이별이 찾아온 후에 상처의 색은 무뎌졌을까요?

그렇게 밀고 당기기를 능숙하게 해내서 상대방이 느끼기에 '저 사람은 나 없어도 잘살지!', '나만 혼자 좋아한 거겠지!' 하는 마음이 들게 만들고, 뒤돌아서게 했다면 그 사랑은 성공한 사랑이며, 과연 그런 마음 준 나라는 사람은 정말 사랑을 해봤던 걸까요? 밀고 당기기를 잘하고, 훗날 상처가 염려돼서 나의 마음을 다 쏟아붓지 않았던 사람의 이별은 그렇게 아프지 않아요.

하지만 반대로 내 마음을 다 쏟아붓고 그 사람밖에 몰랐던 나의 시간을 가지고 있었던 사람의 이별은 차원 다르죠.

이별 후에 나의 시간 속에 사랑의 색을 지워내기란 굉장히 어렵습니다.

그렇지만 같은 이별이라는 단어 속에서 누군가는 아프고, 누군가는 덜 아프고가 중요한 게 아니라 두 사람 사이에서 한 사람만이 진정한 사랑을 해봤다가 되는 거죠.

미래를 걱정해서 훗날 어떻게 될지 모르기 때문에 상대방의 시간을 줄자로 재지는 마세요. 상대방 시간 속에 내가 없는 게 너무 많이 보인다 할지라도 충분히 사랑하고 표현하세요.

이별에는 승자가 없지만, 사랑에는 승자가 분명하게 있다고 생각합니다. 그런 사랑을 했던 당신은 패배가 아니에요. 상대방이 절대 느낄 수 없는 진정한 사랑을 해본 거잖아요.

이별의 사람이 한 차례 가고 또 가고 또 가는 일들을 겪으면 시간의 줄자는 더욱 견고해져서 나타나요. 그리고 생각하죠. 마음을 전부 쏟아내지 않으리라 하고 말이죠. 이번 사랑에는 내 전부를 걸지 않겠노라 하고 말이에요.

하지만 우리는 누구라도 다정하고 친절하며 나만 바라봐주는 상대를 원하죠. 상대방의 시간 속에 오로지 내가 주인공이길 누구나 바랍니다. 그러기 위해서는 결국 내가 그런 사람이 되어야 해요.

그걸 몰라주고 나에게 이별을 안겨주는 사람은 결국 지나치는 사람일 뿐입니다. 단지 그런 지나간 계절 때문에 여러분의 진정한 사랑을 보지 못하면 안 되잖아요.

밀고 당기기를 멈추며 줄자를 끊어내고 언제나 최선을 다하시는 사랑이 되길 바랄게요. 그런 사람이라면 당연히 그런 멋진 사랑을 받아주고 할 수 있는 사람이 나타납니다.

그걸 운명이라고 하겠죠. 즉, 진정한 사랑입니다.

전 이대로가 좋아요

책에도 유행이 있더라고요. 한때는 자서전이 엄청 유행이었어요. 또 한 때는 실내장식이나 요리책 등이 유행을 타더라고요. 그리고 이제는 라이프스타일이 유행을 타고 있는 거 같아요.

가치관에 따른 생활양식이나 사고방식을 소개하는 거죠. 심플라이프가 유행하면서 비워내는 연습을 하는 분들도 계시더라고요. 사실 이건 지금도 유행인 거 같아요.

요즘은 간결한 게 좋고, 결혼도 간소한 결혼이 좋으니까 나도 그렇게 해야지 하는 분들이 주변에 참 많아요.

근데 그렇게 하는 게 정말 좋은 걸까요? 단지 유행하는 노래와 춤을 모르면 따라가지 못한다는 느낌이 드는 것처럼 이것도 그런 느낌 정도 아닐까요?

단지 유행이고, 그래서 주변에서 너무 많이 하고, 딱 보니까 나쁘지도 않고, 심지어 괜찮은 거 같기도 해.

근데 그게 정말 내 가치관하고 완벽하게 같다고 할 수 있을까요?

만약 새로운 라이프가 나오게 되면은 또다시 유행을 좇아 새롭게 바꾸면 되는 걸까요? 그래도 되죠. 모든 삶에는 정답이 없으니까요.

하지만 그럴수록 내 생각과 나의 가치관은 점점 흐릿해지고 없어지게 되는 거예요.

우리가 왜 라이프 스타일에 열광할까요? 특별한 라이프 스타일을 개척해서 나가는 사람들을 보면서

우리는 왜 대단하다고 하고, 따라 하고 싶다는 생각을 가질까요?

그건 그분들의 가치관이 고스란히 반영되어 있기 때문요. 고로 그분들은 충분히 행복한 삶을 보여주고 계신 거죠.

그래서 우리도 그렇게 하면 그분들의 행복한 미소, 여유로운 삶을 고스란히 이어갈 것 같다는 생각을 합니다.

하지만 그건 실수예요. 그건 그분들의 가치관을 반영했기 때문이죠. 결국, 저의 가치관이나 여러분의 가치관은 아니란 거죠.

저는 미니멀한것도 단순한 것도 좋아하지 않아요. 또한, 어울리지도 않아요. 결혼은 안 했지만 간소한 결혼은 저랑 안 어울릴 것 같아요.

아예 결혼식을 안올리면 안 올렸지 굳이 간소하게 하고 싶진 않아요.

저는 단순하게 살 수가 없어요. 그런 성격도 가치관도 가지고 있지 않

아요.

그렇다고 다른 사람을 비방하지도 않아요. 그건 그 사람들이니까요.

다만 제가 드리고 싶은 말은 꼭 변화해야 하나요? 시대에 맞춰서 변화하는 건 기계면 충분해요.

하지만 우리는 기계가 아니잖아요. 우리가 진정 좋아하는 것, 정말 행복하다고 생각하는 가치관은 쉽게 변하게 해서는 안 돼요.

순간 새로운 변화를 받아들여서 행복해 보이겠지만 결국에는 내 가치관을 그리워하게 됩니다.

여러분은 그냥 그대로가 좋아요.

어떤 사람이건 어떤 성격이건 어떠한 라이프를 추구하면서 살아가건 중요하지 않아요. 단지, 여러분이 살면서 그 생활과 가치관에 충분히 만족하면서 살고 있다는 게 중요한 거죠.

예전에는 문신이라는 단어만 들어도 삐뚤어진 사람을 의미했어요. 하지만 지금은 절대 그렇지 않죠.

단지 개성이에요. 자기 자신의 표현방식입니다. 결국, 나의 가치관은 내가 행복하면 정답인 거예요. 굳이 누군가의 가치관을 따라 할 필요도 없고, 부러워할 필요도 없죠.

나만이 가지고 있는 고유한 생각과 추구하는 바를 너무 쉽게 바꾸려고 하지 마세요. 그게 여러분을 의미하는 색이잖아요. 그 아름다운 색을 왜 특정한 사람의 색이나 다수의 색으로 변형시키려고 하세요.

저는 이대로가 좋아요. 여러분도요.

아직은 미성숙하지만 그래서 좋아

우리는 어른이 된 거 같지만 아직도 어린애 같아요.

가끔은 초등학생보다 더 유치해질 때도 있어요. 특히 나이는 어른이지만 주변에서 보면 게임을 할 때 욕설이 난무하는 분들도 있습니다.

욕을 한다고 해서 이기는 건 아닐 텐데 말이죠. 그래서 한번 물어봤어요. 게임을 하는 친구한테 '욕을 하면 이겨?' 그러니 친구가 그러더라고요. '쟤도 하니까 하는 거야.' 여러분 무슨 말인지 아세요? 저는 못 알아들었어요. 사실 지금도 정확히 모르겠어요.

아마도 게임의 상대방도 욕을 하니까 나도 하겠다는 말인 거 같기도 하고, 게임방에서 다른 모르는 사람들도 욕을 하고 있으니까 나도 해도 되는 거 아니야?

하는 말인 거 같기도 해요. 하지만 그건 정말 어린애죠.

주변에 이런 분들 있으시죠? 찔리시는 분들도 계실 거고, 난 그것 때문에 욕하는 게 아닌데? 하시는 분들도 계실 거예요.

그게 뭐 중요한가요. 여기서 중점적으로 봐야 할 건 없어요. 이 책은 그런 책이잖아요. 읽고 싶은 구절만 딱 봐도 되는 거고, 안 봐도 되는 책이에요. 겉표지만 보고 음~ 하면서 라면 받침 하셔도 돼요. 이 책은 완성본이기보다는 여러분이 보면서 소통할 때 진짜 완성이 되는 책이기 때문이죠.

우리는 누군가에게 훈계를 듣는 걸 싫어해요. 왜냐면 내가 살아온 방식이 잘못되었다는 말을 웃으면서 들으라고 하는 거와 같잖아요.

인생은 잘못된 방식이 없는데 말이죠. 우리는 다 다르고 각자의 삶의 방식이 있으므로 잘못된 건 없어요.

다만, 이탈이라는 게 있을 뿐이죠. 이탈을 한 사람의 경우는 법을 어긋나게 한 사람들입니다. 그런 사람들을 얘기하고 싶은 건 아니에요.

이탈한 사람들은 앞으로 더 좋은 법이 훈계를 할 거예요. 우리는 이탈하지 않았고 각자의 방식이 있는 사람입니다. 훈계를 들었을 때 그 말을 지지대 삼고, 디딤돌 삼아서 가는 사람이 있는가 하면 훈계를 듣고 꾸겨서 버리는 사람이 있어요. 훈계를 들었다고 해서 내 삶의 방식이 바뀐 건 아니에요. 몇 년을 살고 몇십 년을 살아온 내 삶의 방법인데 고작 훈계 몇 마디로 바뀌겠어요? 절대 안 바뀝니다. 다만 훈계를 내 삶의 방법에 조금 보태는 거죠. 그게 디딤돌이 되는 거예요.

하지만 그렇지 않은 사람도 있어요. 훈계하는 사람을 미워하고, 자신이 인정받지 않는다는 느낌이 들면 화가 납니다.

하지만 그냥 받아드리면 돼요. 우리는 아직 어리구나! 아직 철이 안 들었구나! 그럼 마음이 편해져요.

내가 어리기 때문에 누군가의 훈계를 디딤돌 삼아야 하는구나! 하면 어렵지 않아요. 단지 내가 나이가 몇 살인데 아직도 누군가의 훈계를 들어? 하는 그 생각이 자리를 잡으면 우리는 타협이 없는 어른이 되어있는 거고 자존감도 무너집니다. 또한, 이상한 고집이 생기죠.

이럴 때 생기는 고집은 정말 무서워요. 잘 안 없어지고 끊어지지도 않아요.

이런 고집으로 생겨나는 안타까운 일은 많아요. 특히 도박이 대표적인 예가 될 수 있어요.

많은 사람들이 말하죠. 그곳에는 발들이면 안 된다. 한번 빠지면 쉽게 나올 수가 없다. 수많은 충고와 훈계를 합니다.

하지만 타협이 어려운 어른들은 난 아니야 난 그렇지 않아 하는 고집이 생깁니다. 결국, 그들의 결과는 어떤가요? 그들의 결과는 너무 뻔해요. 혼자만 괴로운 것이 아니라 주변도 괴로워집니다.

우리는 어른이 아니라 아직도 어리다는 것을 인정해야 해요. 그리고 디딤돌 같은 훈계를 듣는 노력을 해야 해요. 훈계를 듣고 내 삶이 변화한다는 것이 아니라 내 삶에 작은 보탬이 되는 거죠. 어린아이에게 누군가가 옳은 길을 설명했을 때 아이의 같은 경우는 그 말을 이해하고 인정합니다.

하나의 지침이라고 생각할 뿐 다른 건 없어요.

하지만 스스로 어른이라고 생각했을 때는 누군가의 말을 듣지 않죠. 내가 살아온 방식을 거부당한 거나 마찬가지니까요. 근데 저는 어려도 괜찮은 거 같아요. 세상 이치 혼자 다 아는 것처럼 살아가는 것보다는 누군가의 의견도 수렴하면서 철없게 사는 것도 매력 있지 않나요?

삐뚤어진 우두머리

사람이 살다 보면 말 못 할 고민거리가 안 생길 수가 있을까요?

누구에게나 숨기고 싶은 고민이 있을 거예요. 하지만 왠지 그런 고민을 누군가에서 털어놓고 싶기도 하죠.

굉장한 용기가 필요한 일이지만 그 용기를 억지로 만들어내서 가까운 사람에게 비밀 같은 고민을 말했을 때 엄청난 해방감을 느낄 거예요.

단지 들어준다는 이유만으로 고맙기도 할거예요.

또한, 내가 상대방에게 남모를 고민을 얘기할 때 '이건 다른 사람한테는 절대 말해서는 안 돼.' 하는 암묵적인 문구가 들어가 있어요.

그리고 그런 암묵적인 문구를 지켜줄 거라고 믿고 있죠.

근데 우리는 어느 날 알게 되죠. 용기를 억지로 만들어서 단 한 사람에게 말한 나의 고민이 다른 누군가에 입에서 나오는 경우를 봅니다.

그럴 때면 당황스러움과 함께 큰 상처를 받아요. 나의 큰 고민이 그 사람에게는 정말 아무것도 아니었구나! 그리고 마음을 닫게 됩니다.

다시는 누군가에게 나의 고민을 털어놓을 용기를 내지 못하게 되죠.

그런 상처는 대인기피증을 만들어내기도 해요. 큰마음의 병이 생기기도 합니다.

고민을 털어놓는 사람은 마음의 고민과 아픔을 털어놓은 거뿐이에요. 그 무게를 조금 나누고 싶었던 뿐이죠.

군이 해결해달라는 것도 아니었을 거예요. 단지, 지금 내가 이러한 고민이 있다는 마음을 나누고 싶었던 거죠.

하지만 반대로 나의 고민을 아무렇지 않게 다른 사람에게 말하는 사람은 '나 그 애 잘 알아' 하는 사람이에요.

우리는 어디를 가나 사람이 모이면 그 모인 장소에 우두머리가 되고 싶은 본능이 있어요. 그건 성별이 달라도 나이가 달라도 똑같습니다.

우두머리가 되고 싶은 본능은 쉽게 말해서 모든 대화의 중점이 내가 되고 싶은 거예요. 그리고 많은 사람이 내 대화에 집중하는 것을 말해요.

나의 말에 한 번에 집중시키기 제일 좋은 게 뭘까요?

그건 누군가의 험담 즉, 일기장 같은 거입니다.

'나 걔 잘아', '걔 그런 애야 넌 몰랐지?' 다른 사람들은 모르는 그 사람이 아는 여러분의 비밀 이야기. 당연히 그 순간 모든 이목이 그 사람에게 집중될 수밖에 없겠죠.

그런 사람은 그 순간들을 좋아하는 사람이에요. 다른 사람들의 수많은 눈과 궁금함을 표현하는 입들을 보는 게 즐거운 사람이에요.

한마디로 취미 생활 같은 거죠. 누군가의 취미는 절대로 바꿀 수가 없어요. 알죠? 사람은 고쳐 쓰는 거 아니라는 거.

그런 사람이 주변이 있으면 '쟤는 그냥 그런 애지' 하고 넘기면 안 돼요.

그런 우두머리가 되는 것을 좋아하고 추구하는 사람을 옆에 두는 건 언젠간 크게 사람에 대한 상실감과 지울 수 없는 고통을 겪을 수도 있어요.

그 사람을 고쳐보려고 애쓰지 마요. 그건 출구가 없는 꽉 막힌 곳에 물을 붓는 거와 같아요. 그럴 시간에 그 사람을 과감히 내 인생에서 제외하세요.

우리의 삶에서 그 사람 하나 없다고 해서 조금의 문제가 생길까요?

오히려 홀가분하고 기분 좋을 거예요.

나의 고민을 정말 진심으로 들어주고 비밀을 지켜주는 사람을 만나기 위해서는 내가 진정으로 누군가의 비밀을 감싸줄 수 있을 때 비로소 나타나요.

우린 생각해 봐야 해요.

혹시 내가 좋지 않은 우두머리가 되는 건 아닌지 하는 생각이죠.

만약 내가 그런 사람이라면 앞으로 어떻게 해야 할지 그건 여러분 몫입니다. 다만 제가 이 책을 통해서 드리고 싶은 말은 우리의 입은 긍정적으로 사용될 때 더 아름답죠.

오늘도 실패했다

실패라는 단어의 뜻은 일을 잘못하여 뜻한 대로 되지 아니하거나 그르침을 의미하는 명사입니다. 그 의미 그대로 라면 저는 아침에 눈을 뜰 때부터 실패를 겪어요.

주말이지만 오전 7시에 일어나서 기지개를 피고 이불을 정리하고 공복 상태에서 따뜻한 물 한 잔 마시고자 했지만 현실은 오전 9시에 겨우 일어나서 이불을 개지도 않았고요. 공복 상태에서 물은 안 먹고 주스를 마셨습니다.

도대체 몇 개의 실패를 겪은 걸까요…? 우리는 실패라는 명사에 너무 큰 의미를 담아내는 경우가 있어요.

제가 7시에 일어나고 싶었지만 9시에 일어났다고 해서 온종일 우울하고 제 인생이 뒤죽박죽 변하게 될까요? 그냥 '아씨 늦게 일어났네!' 하고 마는 경우예요. 그게 다죠. 그리고 이것도 실패 맞아요.

하지만 우리는 실패라는 말을 아끼고 싶어 해요. 실패했다. 나 오늘도 실패했어. 하고 말하는 건 자신의 삶을 제대로 살지 못한다는 의미가 된다고 보는 거죠.

그럴 리가요. 저를 포함한 모든 사람은 하루에 다양한 실패를 겪습니다. 그게 늦잠을 잔 거라고 한들, 사업에 실패한 거라고 한들, 다를 건 없습니다. 똑같은 명사 실패가 붙는 거고요.

늦잠을 잔 그날의 하루는 그저 그 일어난 시간부터 시작하면 되는 거예요.

사업 역시 실패가 드리워져도 그 순간부터 다시 시작하면 되는 거예요.

실패할 수 있어요. 그게 뭐가 어때서요? 나의 삶의 이력서가 있다고 한다면 항상 성공사례나 누구에게나 멘토가 되었을 경우를 기재하고 싶어 합니다.

결코, 실패의 이력을 넣고 싶지 않아 해요. 정신없이 바쁘게 살다가 문득 내 삶의 길을 내가 잘 걷고 있는지 궁금해질 때면 사람들은 신고 있는 신발을 바라보게 됩니다. 그때 더러운 신발을 보게 된다면 후회와 한숨이 쌓여요. 그리고 실패한 인생을 살았다고 생각을 하죠.

그게 아니에요. 신발이 더러운 건 살아온 세월에 실패가 쌓이고 고단했거나가 아니라, 그만큼 우리가 열심히 살았구나 입니다.

제가 늦잠을 잔 이유는 그 전에 새벽까지 열심히 일해서입니다. 늦잠이라는 실패에 연연하지 말고, 내가 왜 그렇게 늦잠을 잘 수밖에 없었는지에 대한 의문을 풀어내세요. 사업 실패에 연연하고 좌절하지 말고, 그만큼 열심히 했던 나 자신을 위로하면서 새로운 도약을 준비하세요. 다른 사람은 다 몰라도 나 스스로는 알잖아요. 그 사업을 이어가기 위해 얼마나 남모르게 고민했는지 노력했는지 그 누구보다도 나 스스로는 분명히 알 거예요. 그러므로 다시 할 수 있습니다. 열심히 했던 나 자신을 알고 있기에 다시 한번 열심히 할 수 있죠. 제가 내일은 7시에 일어날 수 있는 거와 같아요.

제2부
환승구간

홍콩

28년을 살다 보니까 사는 것에 대한 노하우 같은 게 생긴 것 같아요. 가령 괜히 별것도 아닌 일은 크게 만들지 말고 조용히 해결해 버린다던가, 인간관계는 굳이 애쓰지 말자라던가 떠난 인연에 연연하지 말아야지 하는 정도는 누가 알려줘서 안다기보다는 스스로 알 수 있는 나이가 되었어요.

이렇게 말하니까 굉장히 나이가 들어 보이긴 하는데, 그렇다고 완전 적은 나이는 아니죠. 세상의 이치를 점점 깨닫고 있는 시기죠.

홍콩은 야경이 예쁜 나라이기도 하잖아요. 홍콩의 야경을 보는 방법은 다양해요. 빅토리아 피크에서 보는 방법도 있고,

심포니오브라이트 시간에 맞춰서 보는 방법도 있어요. 저는 스타페리

를 이용해서 보고 왔어요.

사실 홍콩의 날씨가 너무 안 맞았어요. 태어나서 그런 습한 날씨를 거의 처음 겪었다고 해도 될 정도로 놀랬거든요.

그래서 정말 너무 힘든 여행이었어요. 가만히 있어도 땀이 줄줄 나고, 메이크업을 하고 나가도 금방 지워지고 해서 나중에 그냥 선크림만 바르고 다녔을 정도로 날씨가 버거웠어요. 땀이 그 정도로 너무 나니까요.

그러던 중에 스타페리를 타서 홍콩의 야경을 본 거에요. 짜증도 많이 난 상태였고, 제가 또 설치류를 무서워하잖아요.

스타페리 타는 곳이 딱 애매하게 그런 공포가 살아나는 곳이라서 썩 좋은 몸 상태는 아니었어요.

하지만 홍콩의 야경을 눈으로 보는 순간 너무 멋있는 거예요. 여러 색이 조화를 맞춰서 반짝거리는데 텔레비전으로 보는 게 아니라 엄청 반짝거리는 큰 도시를 직접 내 눈으로 보기 때문에 한눈에 담기지 않을 뿐더러 사진에도 담기지 않더라고요.

그래도 어떻게든 찍어서 보어드리려고 제 핸드폰으로도 찍고 친구 핸드폰으로도 찍어보고 영상으로도 찍었지만 사실 정말 눈으로 본 것만큼 똑같이 찍힌 건 한 장도 없어요. 아직 사진 기술이 그 정도로 부족하다고 생각하진 않고요. 다만 우리의 눈이 무엇보다 훌륭하다고 생각할 뿐이에요.

나중에 연인이랑 와도 행복할 것 같다!

날씨도 너무 안 맞고 너무 두렵지만, 사랑하는 사람하고 오면 행복할 것 같다!

이런 마음이 들더라고요. 그래서 저는 홍콩의 야경이 굉장히 좋은 기억으로 남아있어요. 하지만 제가 기분이 좋은 홍콩의 야경을 봤다고 해서 다른 사람도 그랬을까요?

그렇게 생각하는 건 사실 무리가 있더라고요. 실제로 야경을 보는 사람이 어떤 기분으로 보느냐에 따라서 야경은 세상에서 가장 멋지기도 하지만 슬프기도 한가 봐요.

스타페리에 오르고 대략 10분 정도 이동을 하면서 야경을 보는 것 같아요. 저는 하루에 5번 이상을 탈 정도로 엄청 빠져있었는데요. 저 혼자 탄게 아니므로 스타페리에 오르면 여러 국가의 분들이 보여요.

야경을 보면서 감탄하고 사진을 찍는 분들이 계신가 하면, 우울해하고 침통해야 하는 분들도 계시더라고요. 커플이 앉아 있어도 서로 대화 없이 먼 곳만 보는 분들도 계세요. 그분들의 속사정을 알 길이 없지만 하나 알수 있는 건 이렇게 멋진 홍콩의 야경도 어떤 생각과 기분이냐에 따라서 다르게 보이는구나 하는 거죠.

하물며 살아가는데 다른 시선이 얼마나 많겠어요. 같은 것을 바라봐도 다른 생각으로 받아들이는 경우가 한두 가지겠어요?

하지만 우리는 그런걸 '틀리다' 하고 말하죠. 나와 반대되는 감정을 표현하는 사람을 틀린 사람처럼 말하는 경우가 많아요. 사실 이러한 사실을 받아들이는 건 나이가 있다고 해서 되는 건 아니더라고요.

상대적으로 나이가 많아도 항상 자기 생각이 옳고 다른 생각은 잘못된 거야 하는 분들이 계세요. 또한, 나이가 상대적으로 어리다고 해서 모르는 것도 아니에요.

누가 알려줘서 알게 되는 것도 아닌 살다 보니 어쩌다 알게 되는 사실인 거죠. 다만, 이런 사실은 조금 빨리 알았으면 마음이 한결 여유롭게 살 수 있을 거라는 생각을 해요. 세상에 여유만큼 즐거운 취미가 없고, 자유만큼 행복한 직업이 없죠. 고로, 우린 틀리지 않았어요.

여행

밖에 지금 비가 굉장히 많이 와요. 더운 여름에 이렇게 비가 온다는 건 너무 좋은 것 같아요. 빗소리와 새소리가 그럴싸한 음악처럼 들리는 곳에서 지금 글을 쓰고 있어요.

여러분은 어떤 곳에서 이 글을 읽고 있을까요? 상상을 한번 해볼게요. 더위를 피해서 카페에 앉아 있는 거죠. 그리고 원하는 음료수가 테이블 위에 있고, 맞은편에 사람은 없어요.

누군가를 기다리고 있는데 딱히 할 건 없죠. 그래서 주섬주섬 핸드폰을 켰지만, 왠지 기분이 영…. 이런 기분을 달래줄 건 아무 생각 없이 읽을 수 있는 책이겠죠. 그래서 그냥 책을 폈어요. 그리고 한 줄 한 줄 읽고 있는 상황.

또는 늦은 오후에 일어나서 먹을 게 없다고 툴툴거리고 있는 거죠. 그러다 결국 라면을 끓였어요. 하필 라면 받침을 못 찾았네요. 그래서 눈앞에 보이는 책을 그냥 바닥에 놓고 라면을 맛있게 먹었어요. 밥도 말아볼까 했지만, 괜히 다이어트 생각나요. 냄비를 치우고 어느새 더러워진 책 표지를 보니 안쓰럽게 보여요. 동그란 냄비 자국이 남았거든요. 그러다 한번 살짝 열어봤어요. 그리고 두 줄 읽는 상황.

어떤 상황에서 읽어도 상관없어요. 또는 책이 살짝 더러워져도 괜찮아요. 냄비 받침이 될지라도 책은 책이잖아요. 그 본질은 변하지 않아요.

중요한 건 지금 여유를 얻었다는 거겠죠. 여유를 얻은 김에 산책하러 갈 거예요. 집 앞 산책로도 좋지만 우리는 외국으로 갈게요. 그것도 가까운 유럽 블라디보스토크로 가볼게요.

안내 방송해야겠죠. 이번 안내방송은 여러분에게 맡길게요. 블라디보스토크에 어울리는 그럴싸한 안내방송으로 준비해 주세요.

목소리에 힘이 있어야 하고요. 여러 생각을 하는 사람들을 한 번에 집중시켜야 하는 안내방송이어야 해요. 경품 없고요. 우리는 우리의 삶의 주체이기 때문에 리더가 돼서 운행도 해봐야죠.

여러분의 정확한 안내방송 덕분에 안전하게 블라디보스토크에 도착했습니다. 진심으로 감사드립니다.

블라디보스토크는 러시아에 있는 도시예요. 그리고 우리나라에서 가장 가까운 유럽이라고 할 수 있어요.

또한, 물가가 정말 저렴한 곳이기도 합니다. 그리고 여러분과 저는 이

곳에서 자유여행을 할거예요.

블라디보스토크 물가가 어느 정도 저렴한가 하면 버스요금이 천원이 안 돼요. 몇백 원이에요. 또한, 유명한 크림이 있어요. 여행 가면 꼭 사 온다는 크림 역시 천원이 안되는 가격이에요. 생각보다 저렴한 물가로 인해서 돈을 많이 안 쓰게 되는 곳이에요. 그리고 제가 자유여행을 결정한 이유는 주요명소가 거의 한곳에 밀집되어 있어요.

그래서 저는 아르바트 거리에 도착해서 하루의 자유시간을 드릴 거예요. 전부 돌아보시고 저렴한 가격으로 마음껏 드시고, 사진 많이 남기시고 다시 이곳에 만나요.

저는 여행을 굉장히 좋아해요. 특히 국내가 아닌 해외로 가는 걸 좋아해요. 새로운 것을 보고 경험하는 것도 좋다고 느끼지만 제가 군이 해외여행을 좋아하는 이유는 아는 사람이 없는 곳에 혼자 있는 게 좋아서입니다. 신경을 써야 할 대상도 없고, 해야 할 일도 없는 곳에서 그 누구도 나한테 말 걸지 않죠.

그게 당연한 거죠. 내가 배고프면 언제라도 밥을 먹고, 내가 자고 싶으면 언제라도 잘 수 있는 곳. 단 한 사람의 의견도 없이 오로지 혼자 결정할 수 있는 곳. 저는 그런 곳에 있다는 걸 엄청난 자유라고 생각을 해요. 물론 외로울 수도 있고, 겁이 날 수도 있어요. 하지만 그 모든 것을 감수하면서까지 느끼고 싶죠.

속박된 모든 것에서 벗어난 자유.

그래서 저는 여행을 가면 휴대전화기를 거의 안 봐요. 딱히 무언갈 하고 있어서가 아니라 모든 것을 놓고 있는 거죠. 충분한 자유를 얻기 위해 서요.

사람마다 여행의 의미는 다 다르므로 제가 이해가 안 갈 수도 있어요.

그냥 여행이라는 자체가 많은 사람에게 어떠한 의미가 있냐를 떠나서 어찌 되었건 각자의 방법으로 힐링 얻었고, 다시 일상으로 돌아와서 생활할 원동력을 얻어냈다는 게 중요한 거죠.

여행은 될 수 있으면 다양한 곳에 자주 가보길 권하고 싶어요. 여행을 통해서 가끔 내 삶의 표지판을 수정할 때가 있더라고요. 다양한 사람들을 바라보면서 나라는 사람을 고치기도 하는 게 여행이더라고요.

하지만 여행은 쉽게 갈 수가 없다고 생각하죠. 여행이라는 건 두 가지가 충족돼야 한다고 생각하기 때문인데요.

시간과 돈이죠. 돈을 해결해도 시간이 없는 때도 있고, 시간을 해결했어도 돈이 부족한 때도 있어요.

그렇지만 그건 생각의 차이죠. 당일치기 해외여행도 많아요. 돈을 어떻게 사용하냐에 따라서 국내 여행보다 적게 쓰는 경우도 매우 많아요. 또한, 항공사할인도 생각보다 많아서 조금만 부지런하면 얼마든지 적은 금액으로 여행할 수 있어요.

다만, 첫 시작에 부담을 느끼는 것뿐이죠. 저는 해외여행을 하나의 예로 들었지만, 당연히 국내에도 너무 멋진 여행지가 많죠.

앞에서 언급했듯이 우리는 한국이라는 나라에만 머물러 있기에는 너무 빛이 나고 훌륭해요.

신호등 구간

인생이라는 도로가 있다면 가끔은 신호등일 때도 있고, 가끔은 고속도로일 때도 있을 거예요.

항상 정체 구간은 아니겠죠. 지금 저는 본격적으로 달리기 위한 고속도로 진입 구간인 것 같아요.

여러분은 어디에요? 혹시 추돌사고 구간을 지나고 있나요? 그럼 자기 자신을 돌아보는 시간을 갖는 중이겠네요.

어디에 있던 역시 중요하지 않아요. 그 자리에서 최선을 다하면 그만인 거죠.

원동력 찾는 것?
그거 밥 먹다가도 찾는 거예요

살아가면서 우리는 무언가를 결정하고 실행에 옮길 때 하나의 원동력을 찾아내길 바라요. 아무리 즉흥적인 사람이라고 해도 결정하고 실행하는 것에는 어떠한 계기가 필요한 거죠.

제가 블로그를 시작한 계기도 누군가의 직업에 대한 편견과 제 퇴사로 인해서 저를 평가하는 것에 대한 불편함이 원동력이 된 거예요.

하지만 꼭 이러한 계기가 없더라도 원동력은 찾을 수 있어요. 그냥 평소처럼 다를 거 없는 밥을 먹다가 내가 만들었지만, 너무 맛있는 된장찌개에 감탄하면서 너무 황당하게 회사를 그만둘 수도 있는 거예요.

길을 걷다가 살짝 튀어나온 블록에 걸려 휘청거릴 때 갑자기 특정한 원동력이 생길 수도 있어요.

무언가를 해야겠다 생각할 때의 원동력은 어렵게 찾을 수 있는 게 아니에요. 원동력이라는 건 내 마음이 이제 변해야겠다 생각하는 시간에 우연이 일어난 사건들 속에서 하나의 일을 원동력이라고 생각할 뿐인 거죠.

새로운 무언가를 도전하고 싶은데 아직 확신도 없고 의욕도 없다면 단지 내 마음이 아직 준비되지 않은 거 뿐이에요.

특별한 원동력은 사실 없는 거나 마찬가지예요. 내가 정말 마음에 준비가 되면 아침에 눈을 뜨고 일어나는 그 순간이 원동력이 될 수 있어요.

즉, 원동력이라는 거와 계기라는 건 내가 준비되면 저절로 생겨나는 거예요.

'더운데 아이스크림 하나 먹으면서 쉬어갈까요?'

제 글을 보시면 아시겠지만, 계절은 여름이에요.

그리고 저는 언어를 좋아하는 사람입니다.

언어라는 건 대단히 큰 힘이 있어요. 어떻게 사용하냐에 따라서 천 냥 빚을 갚을 수도 있고요. 가벼운 사람으로 보일 수도 있습니다. 그런 언어를 사용할 때는 굉장히 주의를 기울여야 해요.

유명인들이 입방아에 오르는 여러 가지 이유 중 언어를 뺄 수가 없어요.

간단하게 '말실수'라고 하죠. 사람의 말은 장소를 가리기도 하고, 상대를 가리기도 해요.

살다 보면 말실수 없이 사는 사람이 몇이나 되겠어요. 하지만 실수를 줄이는 방법은 충분히 있단 말이죠.

말실수를 적게 하기 위해서는 내가 하는 말의 의미를 정확하게 알아야 해요. 그리고 말의 책임을 질 수 있어야 합니다. 이 두 가지만 알고 있다면 말실수는 줄어들어요.

사실 저 두 가지를 생각하면서 말을 하기란 어려워요. 하루에도 셀 수 없는 단어와 문장을 얘기하면서 그 모든 것들에 대한 사전적 의미를 파악하고, 내가 어느 정도 책임질 수 있나 분석하면서 얘길할 수는 없는 거니까요. 그래서 말은 항상 조심해야 하는 거고, 불안정한 거라고 생각해요.

또한, 누구나 할 수 있는 말실수를 한 사람을 너무 비방해서도 안 돼요. 그렇게 그 사람도 배워나가는 과정일 테고 우리도 배웠잖아요.

자, 이제 비방을 거둬야 할 사람들이 보일 테죠?

간단해요. 듣기 좋은 말은 정말 듣기 좋은 거예요. 사람의 기분을 굉장히 들뜨게 만들죠. 없었던 애정도 생길 수 있어요.

언어라는 건 참 대단하고 강력해서 단 한마디로도 아픈 마음을 위로할 수도 있어요. 아이가 걷기 위해서 수천 번을 넘어지는 것처럼 우리도 예쁜 말을 하기 위해서 끊임없이 연습해야 합니다.

한 문장씩 번갈아 가면서 누군가가 들었을 때 기분 좋은 말을 해볼게요. 이제는 욕이 빠지면 대화가 어색해지는 분들도 계실 거예요. 근데 그건 하나의 버릇이 되어버린 거지 여러분 자체가 욕으로 표현되는 건 아니잖아요.

예쁜 말이나 기분 좋은 말도 계속하다 보면 익숙해지고 버릇처럼 자리매김합니다.

나는요

넌 소중해.

언제나 네 편이 되어줄게

저 달처럼

버스 창밖에
달은 언제나 너를 쫓아 오지.
너의 꿈도 그러지 않을까?

당신은 아름다워요

아름다움에 대한 기준은 참 모호하기 때문에
누군가를 미의 대상으로 평가할 수 없어.
고로, 넌 매우 아름다워

중요한 것

당신이 하는 일을 누군가에게 말 못 한다고 한들 어때요.
열심히 살고 있는 게 중요한 거지
직업이 중요한 건 아니에요.

고개를 들어요

눈물이 나올 때 슬픔을 감추기 위해

자연스레 고개를 숙이지 하지만

숙인 얼굴에 비취는 건 차가운 바닥뿐이야.

슬플수록 눈물이 나올수록 고개를 들어봐.

그럼 뭐든 보일 거야. 차가운 바닥보다 나은 무언가가.

받아요

세상에서 무엇보다 소중한 당신에게

오늘의 시간을 선물할게요.

당신이 가는 길

인생에 정답이 어디 있어요.
여러분이 가는 길이 정답이에요.
그래도 불안하면 잠깐 여유를 가지고
쉬었다 다시 걸어보세요.

용기가 필요해요

우리의 삶은 조연으로 끝내기에는 너무 아쉽잖아요.

특히나 내 삶의 조연이라면 더욱더 아쉬울 거예요.

용기를 가지고 주인공의 자리에 앉으세요.

가요

떨지 말고 호흡하고
천천히 앞을 향해 걷자.

곧 아침이 와요

밤은 아침이 있기에 존재하는 거예요.

어제도 오늘도 밤이었기에

내일도 밤일 거라는 생각을 하면서

두려워할 수도 있어요.

하지만 언제 가는 꼭 아침이 와요.

사랑해요

서로의 타이밍이 맞아서
서로를 마음에 담아둔다는 건
기적과도 같은 일이에요.
그런 사랑하세요.

말해도 돼

내가 입이 매우 무겁고 기억력이 떨어져.

네가 나한테 큰 고민을 얘기해도 난 어디 가서 떠들지 않을 거야.

아니 그러지 못할걸.

내 부족한 기억력을 믿고 얘기해봐.

너의 고민.

힘내요, 당신

오늘도 열심히 살았을 당신에게
힘내라고 말하고 싶어요.

월요일, 안녕

월요일이 싫은 너에게 화요일은 기대해 주세요.

월요일이 지나갔잖아요.

노력

노력의 결과가 생각보다 별로라고 한다면

그건 단지 결과만 바라본 거예요.

그 어떠한 노력도 별로라고 할 수는 없어요.

노력한 여러분은 웃어도 돼요.

혼자가 아닌 너

제가 좋아하는 영화 중에 2007년 개봉작인 작품이 있어요.

후천적으로 눈이 안 보이게 된 남자주인공과 어렸을 때의 학대 경험이 있는 여자주인공이 나오는 영화입니다. 두 사람 다 다르지만, 상처가 있죠. 서로는 혼자라고 생각하면 살고 있어요. 자신의 아픔을 그 누구도 알 수가 없고, 공감할 수 없다고 생각합니다.

하지만 서로의 상처가 계속해서 부딪히게 되면서 혼자가 아니라는 생각을 하게 되는 영화에요. 그는 어둠을 보고 있지만, 그녀라는 붉은빛이 어느새 들어오게 되고, 그녀는 누구에게도 사랑받지도 관심받지도 못할 것 같았지만 어느새 그는 그녀의 손을 잡고 있죠.

우리는 혼자라는 생각을 자주 합니다. 주변에 사람이 많아도 할 수 있는 생각이고요. 없어도 할 수 있는 생각이에요. 특히나 휴대전화기를 열었을 때 지금 딱 전화해서 부를 사람이 없다고 느껴지면 바로 드는 생각이기도 합니다.

막상 부를 사람이 있다 해도 드는 생각일 때가 있어요. 그럼 그런 마음은 어떻게 해야 없어질까요? 마음가짐으로 바꿀 수 있을까요? 생각만으로 혼자가 아니라고 생각할 수 있을까요?

저는 그건 어려울 것 같아요. 현실이 혼자인데 가족이 있고, 친구가 있다고 상상한다고 해서 지금 가족이 생기고 친구가 생기는 건 사실상 무리가 있죠.

하지만 딱히 방법이 없는 건 또 아니에요. 우리의 삶은 정답이 없는 것처럼 이러한 문제도 뚜렷한 답은 없어요. 제가 하는 말도 답은 아니에요. 그냥 저란 사람이 생각하는 하나의 방법인 거죠.

여러분이 생각했을 때 더 좋은 방법이 있거나 여러분에게 맞는 방법이 있다면 그렇게 하시면 돼요. 제 말이 꼭 답은 아니라는 걸 다시 한번 말씀드리면서 제 방법을 얘기할게요.

혼자라고 생각하는 사람들은 대부분 주변에 아무도 없는 경우가 많아요. 있어도 진실을 다 터놓고 얘기할 친구가 없다고 생각하는 경우가 많아요.

그럼 간단해요. 만들면 됩니다. 우리는 인간관계를 너무 제한적으로만 생각하고 바라봐요. 우리 동네에 나와 말이 맞고 내 얘기를 들어줄 사람이 없는 것 같으면 포기해요. 그게 나의 인간관계의 끝이라고 생각합니다. 하지만 아니죠. 우리 대학교만 가도 알 수 있어요. 다른 지역의 수많은 사람이 모이는 곳이 대학교죠. 우리 동네로 내가 사는 지역을 한정을 지었던 인간관계는 이제 버려야 해요.

학교에 친구가 없어요? 시시콜콜 얘기할 상대가 없으세요? 같은 학교에 다니면서 같은 교복을 입은 친구랑 대화하고 소통하는 거 아주 좋지만 그럴 수 없다면 그게 끝일까요? 포기하지 마세요. 학교에서 친구가 없다고 해서 여러분에게 모든 사람이 등을 돌린 건 아니에요.

동네 친구를 찾아보고 그것도 안 되면 다른 동네 친구와 친구를 해보기도 하면서 우리 용기를 가져봐요. 당장 친구도 없이 3년이라는 시간을 홀로 보내려고 한다면 큰 고통일 거예요. 누구도 그 고통을 짐작할 수도 없을 거예요. 하지만 친구가 없다는 것으로 여러분이 좌절하고 포기하기에는 많은 사람이 여러분의 나이와 여러분의 젊음을 응원하고 부러워하죠.

나이가 대체 뭐길래 많은 사람이 교복을 입은 학생들을 부러워할까요? 단지 젊음이라는 이유 때문은 아니에요. 그들은 뭐든 할 수 있다는 용기도 있고, 자신감도 있는 나이죠.

이 글을 읽고 있는 당신도 자신감이 있고, 용기도 있어요. 단지 지금은 조금 위축된 거예요. 용기와 자신감은 좋은 생각을 하면 생겨요.

내가 용기를 내서 저기 있는 사람에게 친구가 되자고 하면 친구를 해줄 거야. 하는 긍정적인 생각과 좋은 생각으로 인해서 생겨납니다. 시작도 하기 전에 두려운 마음으로 내가 말을 걸면 싫어할 거야 날 피하겠지 하는 생각을 가진다면 그 마음은 버리세요.

마음속에 큰 풍선을 불어서 두려움을 담아내고 바늘로 터트리세요.

용기를 내고, 행동으로 옮기는 건 어렵지만 우리 할 수 있죠!

저 슬로그 버스는 승객분들을 외롭게 두고 싶지 않아요.

저 역시 여러분의 친구라는 걸 잊지 말아 주세요.

제3부
퇴근길

입의 자물쇠

가끔 블로그를 하다 보면 어떤 날은 정말 한가할 때가 있어요. 포스팅을 올릴 게 없어서 한가한 날도 있고, 올릴 제품의 기한이 생각보다 길어서 여유로워서 한가한 날도 있어요.

하지만 바쁠 때는 정말 정신이 없이 바쁘더라고요. 시간이 자유롭지만 6시에 퇴근하는 친구가 부러울 정도로 바빠요. 왜냐면 나는 9시가 넘어가고 있는데도 일을 하고 있기 때문이죠.

그럴 때면 블로그를 하면서 굉장한 기쁨을 얻지만 피곤함도 얻어요. 그건 몸을 가지고 있으므로 어쩔 수 없는 것 같아요.

아무리 좋아하는 일을 해도 그런 하루들이 쌓이고 쌓이다 보면 정신적으로나 육체적으로 지치기 마련이에요.

내일은 어떨까? 내일도 이럴까?

같은 일을 반복적으로 하는 사람들은 항상 느끼는 감정이겠죠. 하지만 벗어날 방법은 딱히 없어요.

지나가는 말로 로또 맞으면 당장 회사를 그만둔다고는 하지만 막상 로또 맞아서 회사를 그만둬도 똑같은 일상은 여전해요. 단지 회사를 나가지 않는다는 거뿐이죠. 하긴 그것만 해도 굉장한 해방감일 거예요.

그렇지만 그런 해방감은 몇 개월이 끝 아닐까요? 놀면서도 같은 일상이 반복되는 게 어느 날 불행하다고 느껴질 수도 있어요.

왜냐면 우리는 언제나 같은 하루를 보내고 있기 때문이죠. 어제와 다른 음식을 먹고 어제와 다른 옷을 입고 있어도 '같죠.'

다른 사람을 만나고 새로운 대화를 해도 우리는 같은 하루를 살아요.

이런 생각이 들 때는 우리의 마음은 행복을 원하고 있는 거예요.

항상 같은 일상이 괴로워지고 내일도 그럴까? 하는 생각에 지쳐있다는 건 마음에 병이 들었다는 거예요.

마음의 병은 돈으로 해결되는 것도 아니고, 당장 회사를 그만둔다고 해결되는 것도 아니더라고요.

한번 마음에 병이 들기 시작하면 정말 사소한 일에 모든 것을 그만두고 싶다는 생각이 들어요. 그런 생각은 너무 쉽게 자주 찾아오고요.

마음에 병을 고치기 위해서 사람들은 병원을 찾기도 해요. 때론 병을 숨기기도 합니다.

병원을 통해서 마음의 병을 고치는 방법도 너무 좋아요. 아무것도 안 하다가 안 좋은 일을 겪는 것보다는 당연히 너무 좋은 방법이니까요.

하지만 제일 좋은 방법은 대화할 사람을 만드는 거예요.

마음의 병은 나의 고민을 어느 순간 아무한테도 말하지 못할 때 갑자기 생기는 병이란 거죠. 때로는 오래된 친구도 많고, 날 생각해 주는 가족도 있고, 사랑하는 연인도 있지만, 맘을 터놓고 얘기할 사람은 한 명도 없는 때도 있어요.

그럼 내 속에 있는 고민은 어느 날부터 쌓이기 시작합니다.

우린 서로 교감하고 대화하는 존재이기 때문에 그렇게 침묵으로 쌓여 가는 고민을 감당할 수가 없어요.

그래서 우리는 먼저 묻는 연습을 해야 해요. 침묵하고 쌓아두는 사람은 절대 먼저 입을 열지 못해요. 그럴 용기를 내지 못하죠.

마음에 병에 걸린 사람들은 입에 자물쇠가 있어요. 열쇠는 어딘가에 버렸나 봐요. 열쇠를 찾아서 자물쇠를 열어야 그 마음에 공기가 통하고

아픔이 해소될 텐데 열쇠를 잘 못 찾아요. 그래서 우리가 도와줘야 해요. 자물쇠를 달고 있는 사람에게 열쇠를 찾아봐 라고 하는 게 아니라 그 자물쇠를 끊어버릴 무언가를 우리가 가져와야 하는 거죠.

우리가 먼저 기댈 나무가 되어 줘야 하고, 우리가 먼저 귀를 열어줘야 해요. 그리고 먼저 물어야 하죠. "너 오늘 힘들었어?" , "나한테는 뭐든 얘기해도 괜찮아."

단지 들어주는 그것만으로 그 자물쇠는 아주 쉽게 풀려요.

어쩌면 마음의 병이란 귀를 막고 있는 내가 누군가에게 채우는 자물쇠 인지도 몰라요.

최대한 말도 안 되는 꿈

여러분의 오늘의 하루는 어떤 날일까요? 알람 없이 푹 자고 일어나서 어제부터 생각했던 음식을 먹고 사랑하는 사람과 기대하던 곳에 여행가는 날?

그런 날도 있는가 하면 그렇지 못한 날도 분명히 있겠죠. 오늘은 그렇지 못한 우울한 날을 떠올려 볼까요?

우울한 날은 사람마다 다 달라서 아마 여러 모양의 생각 주머니가 공중에 떠 있을 거예요.

누군가는 한숨이 나올 거고, 어쩌면 누군가는 눈물이 나올 거예요. 우울한 그 날 때문에 상상하지 못할 트라우마로 사는 분도 계실 거예요.

그럼 이제 우리 마음속에 있는 우울한 생각에 모양을 만들어서 끄집어

낼까요?

어떤 모양이든 상관없어요. 저는 곰 젤리 모양으로 만들어서 꺼내볼게요.

꺼내진 자리가 비워질 거예요. 공백을 빨리 채우지 않으면 다시 곰 젤리는 제 마음속으로 들어오겠죠.

지체하지 말고 공백을 채워나갈게요.

지금 우리는 꿈을 꾸는 거예요. 저는 세계적으로 유명한 스테디셀러 작가가 되는 꿈을 꾸고 있어요.

꿈은 될 수 있으면 말도 안 되게 꾸세요. '이게 정말 될까?' 하는 꿈으로 하셔야 해요.

가령 좋아하는 연예인하고 결혼하는 꿈? 정말 환상적이네요. 그런 꿈을 꾸신 모든 분에게 행복한 일이 있을 거예요.

아직 꿈을 꾸지 못한 분들을 위해 제가 재미있는 얘기를 하나 해드릴게요.

세계적으로 유명한 H 호텔의 창시자인 그는 호텔의 객실 안내원이었어요.

객실 안내원은 호텔에서 손님들의 체크인이나 체크아웃을 할 때 짐 등을 방이나 로비까지 운반하고 안내하는 사람을 말해요.

조금 의아하죠? 객실 안내원이 어떻게 H 호텔의 창시자가 되었을까요?

그에게는 허황한 꿈이 있었기 때문이죠. 하지만 여기서 그 꿈을 이뤘기 때문에 그은 '살아있는 역사'로 남았어요.

그리고 선생님들이나 교수님들의 강의에 종종 등장하기도 해요. 그는 자신의 업적이 타국에 있는 사람들에게 희망을 줄 수가 있을지 알고 있지 않았을 거예요.

하지만 그은 언제나 희망을 주는 성공신화가 되었죠.

아마도 이렇게 말씀하시는 분들 계실 거예요.

"그건 그잖아."

내가 지금 꾼 허황하고 과장된 꿈을 이루지 못해도 되요. 상관없잖아요. 말 그대로 허황한 꿈인데요. 뭘.

하지만 이루게 된다면 우리는 H 호텔의 창시자인 그 못지않은 희망을 주는 살아있는 역사가 되는 거예요.

손해 볼 건 없어요. 최대한 허황한 꿈을 꾸세요.

혹시 알아요? 저나 여러분이나 어느 날 누군가의 멘토가 될지 모르는 거잖아요.

해외에 어떤 모르는 교수님이 학생들을 앞에 두고 제 이름 얘기하면서 희망을 얘기할 수도 있는 거예요.

인생은 앞날을 예측할 수 없으므로 기적이 있는 거잖아요.

그 기적의 주인공이 우리가 되지 못할 이유는 단 한 가지도 없어요.

지혜가 쌓이고 있다는 것

저는 나이가 든다는 걸 간혹 이렇게 표현해요. '지혜가 쌓여가고 있다'
표현이 참 멋지지 않나요?

언어라는 게 어떻게 표현하느냐에 따라서 기분이 좋아지기도 하고, 쓸
쓸해지기도 하잖아요.

세월은 누구에게나 공평하고, 멈출 수가 없는 건데 그러한 걸 단지 '나
이가 드네!'라고 하는 것보다는 '지혜가 쌓이네!' 라고 말하는 게 더 좋은
거잖아요.

어렵게 생각할 거 뭐 있어요. 좋은 게 좋은 거고, 듣기 좋은 소리가 듣기
좋은 거죠.

우리는 거울을 앞에 두고 살고 있지 않기 때문에 평소에 어떤 사람인지

잘 몰라요.

하지만 가끔 엄청 현명하게 행동할 때가 있고 또 가끔 엄청 바보같이 행동할 때가 있다는 건 잘 알아요. 누가 봐도 나 오늘 좀 멋졌어? 하는 그런 날들 있잖아요. 누가 시킨 것도 아닌데 탐욕에 물들지 않고 정의 맞서 싸우는 내 모습을 봤을 때 스스로 정말 멋있다고 생각하죠.

맞아요. 그런 당신이 있어서 우리의 법은 약자를 지켜주고 있어요.

솔직한 마음으로 바뀌면 좋겠다 싶은 법도 있지만 우리는 발전하고 있잖아요. 강자를 위한 법도 언젠간 사라질 것이고, 언제나 정의를 구현하고 사는 여러분 덕에 약자를 위한 법이 생겨나겠죠.

하지만 반대로 평소보다 바보같이 행동할 때도 있어요. 그래서 후회할 때도 있죠. 여러분이 가장 후회했던 날이 있을 거예요. 그날은 이미 과거가 되었고, 되돌릴 수 없지만, 항상 기억 속에 맴돌고 자신을 스스로 괴롭히죠.

우리는 후회 속에서 계속 살 수는 없어요. 우리가 해야 할 건 과거의 후회되는 날을 다시 만들어내지 않겠다는 노력이에요. 그런 노력을 하면서 살아가는 게 지혜를 쌓아가는 것이더라고요.

지혜가 쌓일수록 후회되는 일들은 적어져요.

'영화 한 편 보고 오세요.'

잠깐 쉬어갈게요. 우리 너무 바쁘게 일했잖아요. 살면서 이런 날도 있어야 또 힘을 얻죠. 영화관에 가서도 되고, 집에서 보서도 돼요.

저는 영화관에 갈 거예요. 이유는 요즘 너무 먹을 게 많아졌어요. 영화관에서 식사해도 될 정도더라고요.

장르는 슬프지 않고 무섭지 않은 거로 정할 건데 여러분은요?

영화 재미있게 보시고요. 꼭 맛있는 것 드시면서 행복하세요.

우리는 그래도 돼요. 그냥 그래도 돼요. 이유 같은 것 뭐하러 찾아요.

인생은 즐거워지라고 사는 것 아니겠어요?

긍정의 색안경

우리가 참 이상한 게 말이죠. 내 사생활을 누가 안다면 굉장히 불쾌하지만, 다른 사람의 일기장은 왠지 모르게 궁금하고 알고 싶어요.

나의 과거는 숨기고 싶고 이불 속에 덮어두지만 다른 사람의 과거는 어떻게 해서든 수면 위로 올려놓고 저울에 올리죠.

그럴 때면 이기적이다. 라고 할 수밖에 없는 것 같아요. 다른 적절한 말이 떠오르지 않아요.

이 책은 저 혼자 써 내려가는 책이 아니에요.

읽는 자와 쓰는 자의 교감으로 완성되는 책이에요.

여러분은 혼자 여유를 가지고 읽고 있으시죠. 그러면 우리는 또한 저는 이기적인 사람인가요?

저 먼저 솔직해질까요? 저는 남의 일기가 궁금하진 않지만 내 사생활도 알려주고 싶지 않은 사람이에요.

빨간 줄의 과거는 없지만 그렇다고 완벽한 과거를 살아온 건 아니므로 굳이 드러내고 싶진 않아요.

친구랑 도가 지나치게 싸운 것도 별로 알리고 싶지 않고, 심한 욕을 하면서 애인과 헤어진 것도 굳이 드러내고 싶진 않죠.

사람은 누구나 다 이불 속에 숨기고 싶은 과거 한 개쯤은 가지고 있어요. 그게 어떤 과거이든 간에 말이죠.

하지만 내 과거가 아닌 다른 사람의 과거는 왠지 모르게 그 무게가 달라 보이죠.

사실 무게가 느껴지지 않을 때도 있어요. 누군가의 과거가 물 위로 올라왔을 때 내 일이 아니므로 그 상처의 무게는 느낄 수가 없죠.

근데 그게 너무 당연해요. 우리가 살면서 옆 사람의 상처 무게나 한번 본 사람의 상처의 무게를 전부 알 수 있다면

하루라도 고통 속에서 벗어날 수 있을까요? 아마 단 한 사람도 견디지 못할 거예요.

눈앞에 친구의 일기장이 너무 궁금하지만, 그 일기장을 열어보지 않는 사람이 되면 되는 거예요. 판도라의 상자는 굉장히 유혹적이고 매력 있어요. 때론 희열을 주고 연인 같다고 느끼기도 해요. 누군가의 괴로움이 삶의 원동력이 될 때도 있을 만큼 그 상자의 힘은 굉장해요.

상자를 건들지 않고 열어보지 않는 건 정말 별 것 없어요. 자존감이죠.

우리는 상자를 열지 않기 위해서 자존감이라는 안경을 써야 해요.

자존감이라는 안경은 판도라 상자를 보이지 않게 하는 색안경과도 같아요.

세상에는 수많은 색안경이 존재해요. 대부분 부정적인 안경으로 쓰일 때가 많지만 쓰는 사람의 마음과 생각에 따라서

나쁜 점을 보이지 않게 하는 색안경, 판도라의 상자를 가려주는 색안경 등으로 긍정적인 역할을 할 때도 있어요.

사람은 누구나 자랑하고 싶은 점이 있죠. 저의 자랑하고 싶은 점은 사람의 마음을 보는 색안경을 쓰고 있다는 거예요.

언제나 사람을 볼 때 그 사람의 마음이 보이는 안경을 쓰고 있다는 건 아주 행복한 일이에요.

저는 분명히 여러분도 긍정적인 색안경이 하나쯤은 있다고 생각해요.

새로운 시작에 앞서

사랑하는 연인과 가슴 아픈 이별을 한 여러분에게 그동안 고생했다고 말하면서 대화할게요.

이별을 주는 사람이나 받는 사람이나 서로 진심으로 사랑했다면 아픈 건 똑같겠죠.

다만 그 아픈 시간이 얼마나 오래 가느냐가 다를 뿐이에요.

생각지도 못한 이별을 받는 사람과 서서히 상대방의 마음이 변하고 있다는 걸 느끼고 있다가 이별을 듣는 사람은 이별의 상처가 다른 것 같아요.

너무 알콩달콩 잘 만나고 있다가 갑작스러운 이별 통보는 큰 충격이겠죠.

받아들이기가 쉽지가 않을 거예요. 아마도 내가 뭘 잘못했지? 하는 생각을 종일 하면서 묻고 답하고 질문하고 얘기하고 그러겠죠.

반대로 상대방의 마음이 점점 변해간다는 걸 알고 있으면서도 너무 사랑하기 때문에 억지로 그 만남을 이어오던 사람에게

이별을 얘기한 경우에는 충격을 받진 않아요. 다만, 조금 더 늦출 수 없을까에 대한 아쉬움이 남겠죠.

그 아쉬움은 사랑이 가득 담긴 아쉬움일 거예요.

상대방이 변한다는 걸 알고 있지만 어떻게 해서든 그 마음을 돌려보려고 노력했던 지난 시간에 대해 아쉬움과

그렇게 쉽게 변해버린 상대방에 대한 실망이 담겨있어요.

이별에 아픔은 전부 같았으면 좋겠지만 우리 눈 가리기로 아웅 하는 거 하지 마요.

알고 있잖아요. 이별의 아픔이 전부 같을 수가 없다는 거요.

내가 겪는 아픔이 너도 똑같으면 좋겠지만 그렇지 않기 때문에 더 화가 나고 더 슬픈 게 이별이잖아요.

이별을 말하고 싶으면 저는 그냥 말했으면 좋겠어요. 생각지도 못한 이별을 겪는 슬픔은 마음에 한 번 큰 상처를 내는 거지만

서서히 이별을 받아들이다 겪는 진짜 이별은 상처가 아문 곳에 또다시 상처를 내고 또 내는 거와 같아요.

둘 중 어떤 경우에 더 새로운 사랑을 먼저 받아들일 수 있을까요?

상처가 많을수록 마음의 문은 닫혀버리기 마련이에요.

하지만 언제까지 우리가 지난 사랑에 대한 상처에 약 바르고 덧나면 소

독하고 또 약 바르고 지쳐서 잠드는 생활을 할 수는 없어요.

우리 일어나야죠.

이상하게 슬픈 음악만 듣게 되고, 드라마의 이별 장면에 나를 투영시키게 되면서 매일 슬퍼지고

운명의 장난도 아닌 것이 너와 같던 거리에 내가 서 있게 되는 경우를 너무 자주 겪지만, 그거 아무것도 아니에요.

이별을 단지 끝맺음이라고 생각하지 말아요.

새로운 시작이라고 생각하면 어때요?

이별을 겪으면 항상 이런 생각이 찾아오더라고요. 다시는 사랑을 못 할 거라는 생각이죠.

우리는 단지 이별을 했어요. 제가 퇴사를 한 거와 같고, 너무 의미를 넣지 마세요.

이별을 겪은 건 정말 이별만 겪은 거지, 다른 것을 아무것도 못 한다는 건 아니잖아요.

우리는 연애를 하던 중에 연애가 아닌 삶도 살았어요. 친구도 있었고요. 개인적인 일들도 있었어요.

직장을 다니거나 학교에 다니면 그것도 개인적인 내 사생활이에요.

연애가 끝난 건 연애만 끝난 거지 나의 일상이 끝난 게 아니란 거죠.

연애를 통해서 회사에 다니게 된 것도 아니고, 연애를 통해서 친구가 생긴 것도 아니에요.

연애는 연애였고, 내 일들은 내일들이었죠. 슬프고 아프지만, 제자리로

돌아갈 수 있어요. 막상 제자리로 돌아가면 너무 홀가분하고 별것도 아닌 흑백사진이 되어 버릴 거예요.

그리고 이렇게 생각하는 거죠.

내가 나중에 얼마나 대단한 사람이 될 줄도 모르고 저 바보가 날 차다니 참 안쓰럽다.

자기 자신이 얼마나 가치가 있는지 알 때 비로소 이별의 그림자는 사라져요.

우리 참 괜찮은 사람이잖아요. 장점이 얼마나 많아요.

여러분의 가치는 보석보다 귀해요.

그러니 흐르는 눈물을 닦고 우리 맛있는 거 먹으러 가요.

그리고 이 말은 여러 의미를 담고 있어요.

여러분은 웃는 게 정말 예쁘더라고요.

신호등 구간

저는 줄곧 짧은 머리만 해왔어요. 제일 길게 길어본 길이가 쇄골라인까지였을 정도로 머리의 길이는 매번 짧았는데요.

어느 날 친구가 제발 머리 좀 기르라고 해서 그냥 아무 생각 없이 5년 정도 기르고 있어요. 중간에 1년 치를 자르긴 했지만, 아직도 허리까지 올 정도로 길어요. 어떻게 머리를 길렀나 싶을 정도로 신기하고 매번 제 머리를 보면서 놀래요. 근데 이제는 반대로 머리가 너무 긴가…. 주변에서 계속 자르라고 하더라고요. 그런 말을 들을 때 드는 생각이 '참 인간이란 변하기 쉽구나' 그리곤 그냥 웃어버려요.

우리가 살면서 항상 똑같을 수가 있을까요? 저는 '아니오' 어떤 분은 똑같다고 할 수도 있을 거예요.

저는 한 달 사이에 정말 많은 마음이 생겨요.

가령 어제는 마라탕이 최고이지 했다가 오늘은 양고기가 대세 아닌가? 하면서 양고기를 먹어요.

사람의 마음은 정말 쉽게 변해요. 그래서 웃기고, 대화가 안 통할 때도 있어요.

그렇지만 그러하므로 우리한테는 '개성'이라는 단어가 존재하잖아요.

처음부터 똑같은 사람이 아닌 우리는 '남다른 개성'을 가진 사람들이에요.

자존감을 높이는 말을 전할 때 그 예로 '나비'가 많아요.

우리는 번데기에 있는 거고 언젠가는 날개를 펼쳐서 비상할 때가 온다. 하는 말을 하기 위해서 나비라는 곤충이 자주 쓰이는데요. 저는 번데기 말고 개성이라는 단어가 더 좋아요.

번데기는 아직 이라는 말이잖아요. 비상하지 못했다는 말을 하는 거잖아요.

하지만 우리는 '아직' 이라니요. 우리는 '이미', '벌써' 날고 있어요. 다만, 경로가 다 다른 거뿐이죠. 틀린 것도 아니고 길을 잃은 것도 아니에요. 저와 여러분은 자유롭게 날고 있어요.

출발하지도 못한 게 아니라 이미 출발했어요. 우리에게는 멋진 날개가 있고, 날 수 있는 세상이 있어요.

여러분의 개성을 가지고 어디로든 날아가세요.

그곳에서는 이미 여러분을 기다리고 있을 거예요.

오늘, 어제, 내일

여러분의 오늘이

그리고 오늘을 살아가기 위해 노력했던 어제가

내일의 결과를 이뤄내길 기도하겠습니다.

설계도가 없는 설계자

몇몇 분들은 이미 하차를 하셨을 거예요. 그리고 자리에 앉아 있는 승객 몇 분을 태운 채 슬로그 버스 역시 출발하겠습니다.

저는 미래를 설계하는 걸 좋아해요. 일 년 치 미래도 그려보고 계획해보지만 10년을 구상하고 계획하면서 하나하나 이뤄나가는 걸 좋아해요.

제가 20살 때 계획했던 지금의 28살은 이미 엄청 유명해진 작가가 되어 있는 거예요. 25살에 집필한 책이 영화로 만들어지고 27살에는 여러 곳에서 상을 휩쓸고, 28살 때는 이미 모든 것이 완성된 뼈대 있는 설계를 해놨어요.

하지만 현실은 계획과는 조금 다르게 흐르고 있고, 현재 28살입니다.

하지만 그렇다고 제 계획이 전부 빗나갔다고 할 수 있을까요? 앞으로 이런 계획은 무의미하다고 할 수 있나요?

그렇진 않아요. 단지 시기가 다를 뿐 저는 꾸준히 하나하나 이뤄내 가고 있어요.

저의 계획 속 28살은 완성단계이지만 현실은 이제 시작단계인 것뿐이죠. 하지만 그렇다고 암울해, 할 필요는 없죠. 중요한 건 계획한 시기가 다를 뿐 이루지 못할 건 없으니까요.

우리의 삶은 누구도 대신해 줄 수 없잖아요. 결국의 내 삶의 주인은 나뿐인데 내가 길을 만들고 내가 걸어가고 헤쳐나가야 하는 게 삶인 것 같아요. 그 삶을 행복하고 윤택하게 만들기 위해서는 결국 내가 노력해서 설계하는 그거밖에 없더라고요.

인생의 조언을 주는 사람도 때론 친구도 내 삶을 대신 살아주진 못하죠.

저는 제 삶을 설계할 때 상세한 10년을 구상했어요. 뭉뚱그려서 1년은 무엇을 하고 2년째는 무엇을 하고 이런 식의 구상이 아니라

1년의 1월은 어떤 걸 해내고, 그걸 통해서 3년 후의 나는 뭐가 완성되어 있고, 6년 후의 1월에는 나는 무언가를 이뤄냈다.

이렇게 10년을 구상했어요. 10년이라는 시간이 전부 따로 노는 게 아니라 각자 맞은 역할이 있고, 그 역할로 인해서 마지막 10년이 빛을 발하는 계획인 거죠.

10년이면 꽤 긴 시간이에요. 하지만 어떻게 보면 순식간에 지나가는 세월입니다.

하지만 저는 그 세월 속에서 여전히 부단한 노력을 하고 있어요. 가끔 지체할 때도 있지만 꾸준히 하고 있다는 게 중요하죠.

내 삶을 계획할 때에는 도전과 용기는 항상 따라와요. 내 삶이 작년과 올해가 같았으면 하는 경우는 드물 거예요.

작년보다는 올해가 더 모든 면에서 나았으면 더 대단했으면 하고 모두가 바랍니다. 그러기 위해서는 새로운 도전을 두려워하면 안 돼요.

아무런 도전도 없이 용기를 내지도 않으면서 작년보다 올해가 더 나았으면 하는 건 욕심입니다.

여러분의 올해의 새로운 도전이 뭐에요?

연애? 학업? 취업? 등등 여러 가지가 있겠죠.

그럼 노력은 하셨나요? 연애하기 위해서 사랑하는 사람에게 고백을 해봤나요? 아니면 아직도 사랑하는 사람이 없나요?

취업하기 위해서 몇 군데에 이력서를 넣어보셨나요?

매해가 되면 많은 사람은 새로운 버킷리스트를 작성하면서 도전을 외칩니다.

하지만 도전에 따라오는 노력과 용기는 모른 척하죠.

노력과 용기를 모른 척하지 않는 것이 진짜 도전이에요.

도전이라는 건 여러분의 삶의 설계를 본격적으로 하고 있다는 말과도 같죠.

좋지 못한 향

첫인상보다 더 중요한 게 있다면 그 사람의 처음 향인 것 같아요.

생김새는 일주일이면 기억에서 흐릿해 지지만 향은 굉장히 오래 남아요. 그래서 누군가는 이성을 유혹하는 방법으로 페로몬 향수를 사용하기 합니다.

사람마다 좋아하는 향은 다 다르잖아요. 저 역시 좋아하는 향이 있는데요. 때로는 향이 굉장히 뇌리에 깊이 박혀서 온종일 제 코를 머물 때가 있어요. 또는 그 사람은 참 별로인 것 같은데 이상하게 그 사람한테서 나는 향이 너무 좋을 때도 있어요.

하지만 향은 두 가지 경우가 있어요. 이렇게 코로 맡을 수 있는 향이 있는가 하면 눈으로 보이는 향도 있습니다.

코로 맡는 향은 자신이 어떤 사람인지 숨겨낼 수 있어요. 왜냐면 좋은 향을 그냥 뿌리면 되는 거니까요.

하지만 눈으로 보이는 향은 자신이 어떤 사람인지 숨길 수가 없어요.

눈으로 보는 향은 진실을 말하는 향입니다.

진실의 향은 누구에게나 있어요. 다만 그게 악취인지 아닌지가 중요한 거죠. 아무리 겉으로 선해 보이고 다정해 보여도 그 사람한테서 악취가 나는 경우가 있어요.

그럼 그런 향이 나는 사람을 어떻게 구분하며 그 방법은 뭐냐! 한다면!

내 앞에서 누군가의 험담을 아무렇지 않게 늘어놓는 사람은 언제나 그런 향이 납니다. 내 험담도 아니고, 생각해보면 나도 그 사람 별로인 것 같아서 하는 그런 사람의 험담일지라도 누군가의 험담을 아무렇지 않게 말하고 분위기를 조성하는 그런 사람한테서는 악취나요.

이런 경우가 있어요. 자원봉사를 하러 가서 너무 사람 좋은 미소로 봉사 활동을 끝내고 돌아오는 길에 봉사하는 그 시간이 끔찍하고 별로였다고 푸념하는 경우의 분들이 계세요.

그럼 그 사람들은 어떤 사람들일까요? 단지 봉사 활동이 힘들었나봐? 하며 이해가 되는 분들인가요?

아니죠. 그런 사람들은 좋지 못한 향이 나는 사람들이에요. 너무 다정하고 친절했지만, 뒤에서는 누군가의 험담을 하는 사람들은

무조건 그러한 향이 납니다. 사람들은 자신의 위치가 위태로워질까 봐서 하는 생각에 누군가의 험담을 하기도 해요. 내 앞에 상대가 다른 상대를 욕할 때 자신도 맞장구치지 않으면 똑같은 욕을 들을까 봐서 하는 경

우가 종종 있어요.

하지만 그건 너무 어린 생각이에요. 이미 험담을 늘어놓고 있는 사람의 입을 막을 순 없지만 내 입은 막을 수 있잖아요. 우린 침묵하면 돼요. 때론 침묵이 옳은 결정일 때도 있어요.

그리고 꼭 생각하셔야 해요. 내 앞에서 누군가의 욕을 늘어놓는 저 사람이 어딘가에 가서 내 욕을 하지 않을 거라는 보장은 그 어디에도 없어요.

우리는 그 사람하고 같은 사람이 되어서는 안 돼요. 우리의 입은 누군가를 욕하기 위해서 보다는 누군가를 응원하기 위해 사용할 때 더 가치가 있어요.

제4부
종점

빈자리

버스에 타서 가다 보면 항상 만원 버스가 아니므로 제 옆자리는 다른 승객으로 채워질 때도 있고, 비워질 때도 있어요.

어떤 때는 오랜 시간이지만 혼자 탑승해서 가는 때도 있어요.

그렇다고 쓸쓸하거나 텅 빈 것 같거나 하는 느낌이 들진 않아요. 그냥 혼자 타고 가고 있네? 정도인 것 같아요.

우리의 마음에도 버스가 하나 다니죠.

여러분의 옆자리가 채워져 있든 비어 있든 상관없어요.

중요한 건 지금 앉아 있는 자리가 편한지 불편한지가 중요한 거죠.

내 옆에 누군가가 채워있고, 같은 버스를 타고 가고 있다고 해도 왠지 모르게 불편할 때가 있어요.

같은 방향을 보고 있는 것 같고, 같은 이치를 추구하는 사람인 것 같아도 엉덩이를 자꾸 들썩이게 되고, 버스가 언제 멈추지 하고 생각할 때가 있습니다.

때론 그의 반대도 있겠죠. 내 옆에 빈자리를 누군가 와서 채울 수 있을까? 생각하면서 옆에 가방을 놨다가 다시 들어서 내 품에 가방을 놓는 행동을 계속할 수도 있어요.

만약 전자의 경우라면 빈자리가 너무 쓸쓸하고 외로울 것 같다는 생각에 놓지 못하는 인연인 것 같아요.

하지만 우리가 정말 버스를 타고 갈 때의 느낌처럼 마음의 버스도 똑같아요.

내 옆자리에 누군가가 앉지 않아도 그냥 그런가 보다 하는 그런 느낌일 거예요.

생각보다 우리는 일어나지 않는 일에 두려움을 많이 겪어요.

옆에 누군가 있어서 내가 앉아 있는 게 불편하다면 후에 일은 어떻게 된다 한들 지금 내가 이 버스에서

조금이라도 편해야 하지 않겠어요?

여러분이 내려서 다른 버스를 선택하는 방법도 있어요. 불편한 자리에 시간을 보내는 건 그냥 허리와 엉덩이만 아플 뿐이에요.

또한, 후자의 경우라면 빈자리에 누군가가 빨리 앉길 바라죠.

현명한 사람이라면 아무나를 앉히려고 하진 않을 거예요.

하지만 단지 외로움만 있는 사람이라면 그 누가 앉아도 반가울 거예요.

우리는 방금 전자의 경우를 보고 왔어요. 인간은 끊임없이 같은 실수를 반복하고 후회하죠.

단지 그냥 외로움 때문에 그 어떤 사람이 와도 옆자리에 앉을 수 있게 한다면

전자의 경우로 흘러갈 수밖에 없어요.

빈자리로 오래 갈지라도 정말 나와 맞는 사람을 앉히는 게 중요해요.

나의 목적지를 알아주는 사람. 내가 어떤 옷을 입고 버스에 앉아 있어도 즐거워 해줄 수 있는 사람을 옆에 앉히세요.

우리는 항상 완벽할 수 없으므로 시간이 지나다 보면 단점이 하나둘씩 드러나고 숨겨났던 나의 성격들이 보일 때가 있어요.

그런데도 내 옆에 앉아 있을 수 있는 사람.

허리와 엉덩이가 불편한 게 아니라 느슨하게 몸을 기울이고 있어도 웃어줄 수 있는 사람이 있어요.

그런 사람만 옆에 자리를 주세요. 그래야 버스가 가는 그 길이 험해도 즐겁죠.

새로 사랑을 시작하는 사람들에게

여러 사람을 만나서 연애를 하고 이별의 과정을 겪다 보니 알게 된 사실이 있어요.

세상에는 내가 생각하는 이상형은 존재할 수 없구나! 또한, 존재한다고 하더라도 그 사람이 내 사람이 된다는 보장은 없겠구나.

처음 연애를 막 시작할 때나 서로 알아가는 단계에서는 각자 잘 보여야 한다는 마음이 앞서기 때문에 자기 자신을 잃어버리고 상대방에게 모든 것을 맞추기도 합니다.

사실 그런 모습을 보면서 나랑 잘 맞는 사람인가? 이렇게 배려가 많고 다정한 사람이라면…. 하고 연애의 시작을 알리죠.

하지만 그건 단지 잘 보이고 싶어서 한 행동들이기 때문에 본래에 그 사람이라고 할 수는 없어요.

시간이 지나다 보면 그 사람의 본모습을 접하게 될 거예요.

그럼 상대방이 변한 것 같고, 사랑이 식은 것 같다는 생각을 할거예요.

잘 들여다보면 결국 나도 본래의 모습으로 바뀌고 있을 텐데 말이죠.

그럼 결국 상대방 또한 나에게 실망하고 사랑이 변했나? 하고 생각하기 마련입니다.

사랑의 종착점은 상대방의 변하는 모습을 봤을 때가 아니라 내가 변했을 때 다가오는 마지막이에요.

언제나 서로의 의견이 맞고, 언제나 웃는 날들만 있는 연애를 바란다면 그건 드라마나 영화 같은 허구에 가까워요.

우린 생각하고 있고, 그 생각과 가치관은 전부 다르므로 현재 새로 시작하는 사람도 나와 같을 수는 없어요.

다름을 인정하고 상대방의 변화한 모습을 보면서 실망이 앞서기보다는 그동안 나를 위해서 본래의 모습을 지우고

맞춰준 그 사람에게 감사할 때 서로 배려하고 양보하는 사랑을 할 수가 있어요.

나와 다르므로 매력을 느꼈잖아요?

근데 그런 사람을 내 입맛에 맞춰서 나의 인형처럼 바꾸면 행복할까요?

나와 다르므로 마음이 갔고, 나와 다른 당신을 존중하고 사랑합니다.

종점

차를 세워야 할 때가 되니까 버스 승객분들이 몇 분이 남았나 둘러보게 되네요. 몇 분 남지 않은 것 같기도 하고, 그대로 계신 것 같기도 하고. 운행하는 동안 나름 안전운전을 했지만, 손님분들의 생각은 또 모르죠? 부족해 보였던 점도 있었을 테고, 다른 승하차 지점이 있었던 경우도 있었을 거예요.

그래도 끝까지 앉아계신 손님들을 태우고 마지막 정류장으로 출발하겠습니다. 마지막까지 탑승해 주신 모든 분에게 꽃 한 송이씩 드리고 싶어요.

제가 블로그를 하면서 너무 좋은 말을 들은 적이 있어요. 꽃 선물의 의미는 꽃이 아니라 꽃을 들고 갈 때 수많은 사람의 시선을 선물하는 거라고 하더라고요. 주변에 모든 사람의 시선이 꽃처럼 아름다운 여러분에게 항상 있기를 바랍니다. 또한, 그건 사람이 되길 바랄게요.

에필로그

안녕하세요. 슬로그입니다. 오늘의 하루는 어떠세요? 식사는 하셨나요? 우리의 버스가 어느덧 마지막 정류장을 지나서 운행을 종료하게 되었어요.

처음 출간 제안을 받았을 때 기분은 좋았지만 난처했어요. 저는 문맥의 짜임새도 모르고, 여행 아니면 육아에 대한 주제로 출간 제안이 들어왔기 때문인데요. 일단 저는 육아를 해본 적이 없으므로 육아는 제외했고요. 여행은 여러 군데 다니긴 했지만 그걸 어떻게 쓰라는 거지? 알 길이 없었어요. 사실 그래서 여행에 관한 책을 다섯 권 이상을 봤어요. 하지만 봐도 모르겠더라고요. 사진이 있고, 그 아래 설명이 있는 형태로 진행되는 건가? 하는 의문만 생기더라고요.

하지만 저는 그런 거 못 해요. 해보려고 노력하는 시간도 중요하지만 저는 그 시간을 제가 가장 행복할 수 있는 것을 하면서

보내고 싶었어요. 왜냐면 오늘의 하루를 또 살 수 있는 게 아니잖아요.

하지만 그렇다고 해서 출간을 거절하고 싶지도 않았어요. 그래서 제 방식대로 풀어버린 문제에요.

제 답안 보면서 출판사에서 '이런 걸 원한 게 아니에요.'라고 한다고 해도 그냥 내 마음대로 풀어버린 거죠.

학교에 다닐 때 선생님이 내준 문제에는 답이 존재하지만, 인생에 답은 없어요.

성공하는 사람들은 전부 다 다른 사람이에요. 행복의 기준도 다르고 미의 기준도 다르죠.

삶이라는 건 누구에게나 소중하기 때문에 단 한 사람의 의견이나, 다수의 의견을 정답이라고 말하며 살 수는 없어요.

제가 쓴 글은 언어를 비비 꼬아서 그럴듯하게 만들어낸 말과도 같아요.

얼음이 아닌 팥빙수 같은 거죠. 하지만 그냥 얼음보다는 팥빙수가 더 맛있어요. 그렇지만 본질은 얼음이에요.

어떻게 받아들이느냐에 따라서 제 글은 자존감이 높아질 수도 있고, 때에 따라서는 누군가를 괴롭히는데 이용될 수도 있어요.

제가 원하는 방향은 당연히 자존감이 높아지길 원해요.

그래서 시간을 오래 들여 읽어주길 바란 거예요. 자존감은 하루아침에 쌓이는 게 아닌 걸 우린 너무 잘 알죠.

자존감은 스스로 노력해서 자라나는 거지만 주변의 도움이 없이는 절대 그 새싹을 피워낼 수 없어요.

저는 그 도움을 주는 물과 그늘을 드리고 싶었어요.

넌 할 수 있어!

넌 최고야!

넌 누구보다 소중한 존재야!

어떤 옷을 입어도 상관없어요.

슬리퍼를 신어도 괜찮아요.

무거운 문을 열고 밖에 나가서 강렬한 태양에 살짝 휘청거리기도 하면서 맞서는 거죠.

그리고 사랑도 하고 꿈도 꾸는 거예요.

거기에 맛있는 음식이 있으면 금상첨화겠죠.

아시죠?

여러분은 그 어떤 그것보다 소중해요.